LA軍
Illustration 猫月ユキ
JN031685
SSランクパーティでパシリをさせられていた男。
ボス戦で仲間に見捨てられたので、ヤケクソで
敏捷を9999まで極振りしたら
「光」になった……

SS級冒険者パーティ
「光の戦士（シャイニングガーズ）」の
古株のメンバー
グエン・タック
戦闘の実力があまりなく、
パーティ内で雑用とパシリ、
荷物運びを主に担っている。
「お荷物」とメンバーに馬鹿にされるが、
陰で戦闘面でのサポートもしている。
敏捷特化おっさんパシリから
光速の最強冒険者へ覚醒――!?
素性は一切不明！
「影帝（シャドウエンペラー）」と恐れられる凄腕冒険者――。
裏ギルドの懐刀と
噂される孤高の暗殺者（アサシン）
リズ
ギルドから「光の戦士（シャイニングガーズ）」に
斡旋された冒険者。
ダークエルフで暗殺者のジョブを持つ。
メンバーより先に敵地入りし、
見回りや偵察を担う。

人類最高峰の叡智を持つと称される規格外の魔女！
敏腕だけどリズさんへの愛が止まらない――!!
辺境の街の
冒険者ギルド
女性職員
ティナ
「光の戦士」にリズを斡旋したギルド職員。
リズとは昔からの知り合いで、
すぐに抱きついたりと
かなりべたべたする。
至高の魔法を放つ
若き大魔術師
シェイラ
「光の戦士」のメンバー。
まだ若いがその実力から天才と称される。
過去に空を覆いつくす
魔物の群れを撃滅したことから
「星落」の二つ名を持つ。

魔王軍四天王
ニャロウ・カンソー
身長５ｍの巨大なリザードマン。
四天王で最も弱いと噂されている。
残忍で獲物に対して執拗に
追いかける性質を持っている。
最悪の状況の中で起こった奇跡!
おっさん冒険者の大覚醒――。
光になる!!!??

「俺のパンチは――――………」
グエンが新たな称号を得た瞬間。
目の前の景色がグニャリと歪む。
「――光を超える!!」
うぉおおお
おおおおおお
おおおおおおお
おおおおお???!

「ちょ、ちょ、ちょ！
な、なによ？ 放してぇ！」
「あんましバタバタするな、
落ちても知らんぞ」
背にはお宝！
手にはツンデレ美少女!!
いざ、辺境の街に
復讐へ——!!!

「ぐ、グエン!? きゅ、急になに何ッ!?

きゃー!! もー!! 何考えてんのよぉ——

砂漠でそんなことしたら
体力を使って死んじゃうんだから!!」

「やだ! 変態! ロ○コン! エルフ好きぃ!!」

CONTENTS

ダッシュエックス文庫

SSランクパーティでパシリをさせられていた男。
ボス戦で仲間に見捨てられたので、ヤケクソで
敏捷を9999まで極振りしたら『光』になった……

LA軍

第1話「すいません、SSランクだけどパシリなんです！」

『SS』ランクパーティ。

それは冒険者ギルドで認められた最強のパーティの証(あかし)。

個々の実力だけでなく、それぞれが発揮(はっき)する力が合わさりまさに『最強』と呼ばれる一党(パーティ)のことである。

そして、俺の所属するパーティも、まさにその最強と称されるSSランクパーティだった。

そのメンバーはと言えば、
鉄壁の護(まも)りを誇る聖騎士(ホーリーナイト)のアンバス。

その守りはまさに、鉄壁。たった一人で魔物の軍団を押しとどめたことがあると言われ、『城塞(フォートレス)』の二つ名(ふたつな)を持つ。

そして、
人類最高峰の叡智(えいち)を持つと称される大魔術師(ソーサラー)のシェイラ。

その魔法はまさに、至高(しこう)。たった一人で空を覆(おお)いつくしたバグズ(イナゴ型の魔物)の群れを焼き滅ぼしたことがあると言われ、『星落(スターダスト)』の二つ名を持つ。

そして、
清らかな心を持ち全て（すべ）てのものに慈愛（じあい）を注ぐ聖女教会の誉れ（ほま）——枢機卿（カーディナル）のレジーナ。

その癒（いや）しの力はまさに、神の寵愛（ちょうあい）。たった一人で小国家群を襲（おそ）った疫病（えきびょう）を鎮（しず）めたと言われ、『女神（メサイア）』の二つ名を持つ。

そして、最近加入してきた、
裏ギルドの懐刀（ふところがたな）と噂される孤高（ここう）の暗殺者（アサシン）のリズ。

素性（すじょう）も不明、性別が辛（かろ）うじて女であるということ以外は、何もわからないが——SSランクパーティの力添えにと、民間側より派遣（はけん）された凄腕（すごうで）冒険者。

その二つ名を『影帝（シャドウエンペラー）』という……。

その中にあってひときわ異彩を放つのが俺…………。

SSランクパーティ一（イチ）の雑用係兼荷物運（ポーター）びのグエン。

その気配りはまさに、母ちゃん。

たった一人で食事の準備を整え、掃除・洗濯・裁縫（さいほう）・おつかい・子守（こもり）に塾の先生ッ！　そして、ギルドへの調整と事務仕事の的確さに定評があり、パーティメンバーをして『パシリ』だとか『寄生虫（きせいちゅう）』の二つ名を持つと言わしめるほど。

そして、忘れてはならないのが、このパーティのリーダー。

優（すぐ）れた統率（とうそつ）力をもち、SSランクパーティの要（かなめ）——次代の勇者と称（たた）えられる超大剣使い（クレイモア）のマナック！

その剣技はまさに、神技。たった一人で魔王軍の先鋒を全滅させたと言われ、『勇者』の二つ名を持つ……。

これが、冒険者史上において、歴代最強と謳われるSSランクパーティ『光の戦士』の編成だった。

そりゃぁ、人並み外れた実力をもつ仲間と秤にかけられればグエンなんてのは『寄生虫』にしか見えないだろう。

ギルドでも街でも――そして、パーティでもそんな風に陰口をたたかれている。

ならば、なんで実力不足なのにパーティにいるのかって？

決まってる――俺がマナックのパーティの初期メンバーだったからにすぎない。

言うまでもなく、マナックだって最初っからSSランクだったわけじゃあない。

最初はE級から始まり、当時C級だったグエンをリーダーとするパーティから始まったのだ。

十歳以上年上のグエンは、新進気鋭で才気あふれるマナックの面倒をよく見ていた。

先輩として、時には兄や親の気分で――。

それが冒険の最中。

仲間たちは、一人、また一人と倒れ――あるいは別のパーティに入るなどして結局メンバーで残ったのは俺とマナックだけ。

そのうち、年齢のこともあってか能力的には限界に差しかかっていたらしいグエンは、徐々にマナックに追い抜かれていき。

……いつしか立場は逆転していた。

そして、最初の内はそれなりに遠慮していたマナックだが、優秀なメンバーがマナックの腕を見込んで参入し始めるにつれ、ついにリーダーの立場は入れ替わった。

――それからは、地獄だ。

あれほど世話をしたってのに、マナックはグエンをまるで奴隷のようにコキ使い始めた。

「オッサン」「オッサン」と小ばかにするのは日常茶飯事。

「さっさと、あれを買ってこい」くらいはまだしも、
ときには肉壁。

ときには囮。

または、古参の仲間がいるギルドの中でわざと罵倒したりと、まぁやりたい放題。

挙句の果てにはパシリ扱いにまで発展する始末。

おかげで、ステータスポイントはマナックの言いなりに振るしかなくなり、持っていた装備やアイテムも全て取り上げられた。

だが、そうまでしてグエンがこのパーティに拘った理由は、創設者としての矜持と愛着。

そして、マナックがいつか変わってくれるかも、――と。

若気の至りでほんの少し有頂天になっているだけだ――と、そう思っていたからだ。

そう、理由はただそれだけだ……。

それだけさ――。

第2話「すいません、やきそばポーション売ってません！」

「おら!!　これ、やきそばポーションじゃねーだろ!!　誰がコロッケポーションなんて飲むんだよ!!」

「ちょっとおぉぉぉお!!　なによこれ、『午前の黒茶』って言ったじゃん!?　なに、これぇ？ただの黒豆茶じゃん～!!」

パリン、ガシャン！

次々に投げつけられる補給品の数々。

パーティが丸々一棟借りている宿屋の集会所での出来事だ。

コロッケポーションが気に入らないと言って、中身をわざわざぶちまけ、空瓶(からびん)を投げつけてくるアンバス。

味もわからない子供のくせに、高級紅茶を買ってこいと言って駄々(だだ)をこねるシェイラ。

そして、

それらを投げつけられているのは、俺こと——グエンだ。

「いっだ！　な、投げるなよ!!　悪かったから！」

「うっせー!!　てめぇ、ゴラ！　役立たずのパシリのくせに偉そうに口答えしてんじゃねーよ!!」

そう言って、新品のポーションを中身入りで投げつけるアンバス。

重そうな騎士鎧を着ているくせに、ことにこういった時だけ動きは俊敏だ。

パリ――――ン!!

「がっ!!」

狙い違わず頭部に命中してコロッケ臭が周囲に立ち込める。

「うわ、コロッケくさーい！　ねぇ、もう、やめてよー！　グエンってばただでさえオッサン臭いのにー」

ブーブーと文句を言うのはちびっ子のシェイラ。

魔女っ子ルックで、三角帽。見た目は可愛らしいのに、口が悪いので小憎らしいことこの上ない。

荒々しい声に包まれる集会所では、他の仲間も次々にグエンの買い物の不手際に文句をぶつける。

「秒で買ってこい」と言った割に、無茶な注文ばかりなのだ。

「や、やめてくれよ！　お金だってかかってるんだぞ？　それに、こんな辺境じゃ――」

「おい、オッサン!!」

パリ――――ン!!

「うぐっ!!」

破砕音とともに、頭部にクリーンヒットしたのは高価な『剣の手入れ油』の入った高級瓶だった。

ちょっとやそっとの衝撃では割れないそれを、粉々になるほどの勢いで投げつけてきたのは、我らがリーダーのマナックだった。

「うるっさいぞ……！　オッサンよ、お前のクエスト選択ミスでこんな辺境まで来ているんだ、四の五の言わずにもう一回買ってこい！」

「そ、そんな……!?　それに、クエストの選択のミスったたって、……お、俺は皆のために――」

さらに言い募ろうとしたグエンだが、そこに怒り狂ったマナックとアンバスが、グエンのかき集めた補給品の入った袋を投げつけた。

ガッチャ――――ン!!

ばらばら……。

「ぐぁぁああ!!」

それらが盛大にぶちまけられ、グエンの体を強かに撃つ。

あまりの激痛に床でのた打ち回るその上に、容赦なく追撃の一撃が次々に降り注ぐ。

「へ！　何が皆のためだ！　テメェが腰抜けだからだろうが!!」

「そうだ、そうだ！　俺たちは「ＳＳ」ランクだぞ？　魔王軍四天王だって、一番強い奴から倒せるに決まってるだろうが！　それをよぉ、オッサン！　テメェがわざわざ一番弱い奴から倒そうなんて言うからこんな辺境に――!!」

冒険者ギルド全体に常時依頼されている魔王軍への攻撃。

そのうちの特殊クエストにあるのが「四天王の撃破」だ。

そして、最近になって魔王軍の動きが活発化してきたことを受け、ギルドがこの特殊クエストを前面に押し出してきたのだが……。

当然ながら、そんなクエストを受けるパーティなどほとんどなかった。

なぜって？

……もちろん、危険だからだ。

魔物が闊歩する魔王の土地に踏み入って四天王を討伐するなんていう、無茶なクエストを誰が受けるというのか……。

だが、最近ノリに乗っている（と一部でそう思っている）『光の戦士』は一も二もなくその依頼に飛びついた。

なにせ、依頼達成の特典が莫大な報酬に加え、ギルドでのランクアップがあるのだから当然だろう。

すでに伝説級の強さを誇ると言われる『光の戦士たち』がさらにランクアップすれば、本当の伝説である「ＳＳＳ」に手が届くのだ。

ならば、受けない理由がない。

「――それをテメェみたいな雑魚がよー！　いい気になって口出ししやがって……。一番雑魚の四天王を倒したって言われればよぉ、ランクアップはできるけど、経歴に傷がつくだろうがよ!!　この寄生虫ッ!」

ドガッ!!

アンバスのレガースを履いた足が、補給品を投げつけられ床で丸まっているグエンの腹に突き刺さる。

「ぐふっ!」

「まったくだ!　オッサンのおかげで魔王軍四天王最弱、毒者の『ニャロウ・カンソー』なんて奴を討伐をする羽目に!　ほら、見ろこの忌々しい辺境の湿地帯を!」

ドカン、ドカンッ!

と八つ当たりにも等しい蹴りをグエンに加え続けるマナック。

彼らの言い分は、南部のリゾートに近い場所を荒らしまわっている四天王最強の『魔炎竜』討伐をしつつ、南の島でバカンスをしたいということらしい。

だが、魔炎竜の強さは半端ではないし、

バカンス気分で倒せるものではないことは明らかだったので、グエンが必死で全員を説得し、まずは四天王最弱の『ニャロウ・カンソー』から様子を見ようということに落ち着いたはずだった。

もっとも、グエンからすれば四天王最弱であっても手に余ると思っていたのだが……それを言っても聞き入れられるはずがない。

所詮、グエンは古株なだけで、パーティ内での発言力はないに等しいのだ。

「ちょっと、皆!!」

そこに救いの声が……！

あ。あぁ、やっと来てくれた――。

「またグエンさんに酷いことを！」

「あっちゃ～。見られちまったか」

「げ、レジーナじゃん～……」

タハハと頭を掻くマナックたちと、バツが悪そうなシェイラ。

「大丈夫、グエンさん？」

「だ、大丈夫です……」

ヨロヨロと半身を起こしたグエン。

さすがは聖女教会のトップに君臨するという、枢機卿のレジーナ。

聖女の生まれ変わりではないかという噂も、あながち間違いではなさそうだ。

「ごめんなさいね。教会のミサに行ってる間にこんなことになってるなんて……」

申し訳なさそうに目を伏せるレジーナに、

「い、いえ。レジーナさんが悪いわけじゃ……」

慈愛の瞳にポーっとグエンが見惚れていると、軽く体を屈め、簡易回復魔法をかけてくれる。

ほわわ～と、微光する粒子が地面から立ち上り二人の衣服を軽く浮かせていく。

そして、傷が……。

「あ、ありがとうございます」

う、涙が出てきた……！

「よかった……。軽い打撲程度みたいだからこれで大丈夫よね？」

「は、はい」

恥ずかしいところを見られてしまったのを取り繕うように慌てて立ち上がるグエン。

そして赤くなった顔を隠すようにペコリとレジーナに礼をする。

まだ若く、幼さすら感じる風貌だが、彼女は美しく……煌く金髪と同じ色の瞳をしていた。

もうそれだけで、まさに聖女だ。

「ふふ。いいんです。いつも荷物持ちや雑用に、買い出しまでしてくれてるんですもの」

そう……。

「グエンさんがいないとこのパーティは立ち行かないんですから！」

「え、そんな？」

ギュッと手を握りしめられ、グエンは顔を最大まで紅潮させるが、

「ケッ——ただのパシリじゃねーか。ポーションまで無駄にしやがってよ」

「そうそう。役に立たないんだから、黙って荷物持ちとパシリやってればいいんだよッ」

「僕、し～らないっ」

誤魔化すようにどっかりとソファーに座りなおしたメンバーは、今度はクエストに文句をつ

け始めたらしい。

そそくさと床に散らばった補給品をかき集めているグエンを完全に無視しながらも嫌味をタラタラと。

「はぁ、つまんねぇクエストだぜ。いつまで待機してりゃいいんだ？」

「リズが戻るまで待て。斥候に出て、三日……。予定通りなら今日にも戻るはずだ――ガキみたいだが、あー見えてギルドが斡旋してきた期待の新戦力だ。様子をみよう」

「わかったよ。……じゃ、明日はいよいよ？」

「そうだ。明日はいよいよ、四天王討伐――気合いを入れていこうじゃないか」

そう言って、偵察に出しているリズの話題に。

リズ。

褐色肌のダークエルフで、職業は暗殺者。

彼女は、ギルド肝いりの新戦力だ。

斥候などの情報収集能力に欠けると判断したマナックたちが、ギルドに募集をかけたのだ。

普段ならば、グエンが俊足を生かしてこなしてきた任務だが、どうやら不満だったらしい。

そのせいか、『光の戦士たち』には最近加入してきたメンバーであるけれど、無口ながらよく働く者として、概ねパーティの中では好評だ。

……少なくともグエンよりは遥かに待遇がいい。装備も報酬も、ね。

まぁそれは仕方がないこと。

なにせ、グエン自身が普段やっている業務が被っていることもあり、二人で分担してこなしているため、実はほとんど関わりがなかった。最初に顔を合わせたくらいだろうか？

むしろ、
わざとそういう風に、業務調整をされているのかもしれない。

同じ業務を二人でやることほど無駄なことはないからな……。

つまり、リズはグエンの上位互換。

きっと、そう遠くないうちに、グエンは――……。

「やれやれ、リズ待ちかー……。あーくそぉ、忌々しい田舎だぜ。せっかく南国で海水浴をしたり、水着のねーちゃんが見れると思ってたのによー。やってらんねぇ!!　おい、皆飲みに行くぞ」

「ちょっと、アンバスさん。昼間からですか？　もう……」

アンバスのあんまりな態度に眉をひそめていたレジーナ。

「あ、僕はリンゴジュース飲むぅ」

そして、チビっ子のシェイラはジュースを奢ってもらえると聞いて喜々としている。

結局、アンバスは散々グエンを詰り倒したあと「やきそばポーション忘れんなよ！」と言いおいて、補給品をまたグチャグチャにしてさっさと集会所を出ていってしまった。シェイラもチョコチョコと後をついていく。

もちろん、飲みの誘いにグエンは含まれていない。

そして、

「おい、グエン。ちゃんと買っとけよ!?　今度は言われた通りにな!!　それができなかったら、お前はクビだ！　――こっちもいい加減、我慢の限界だ。雑魚を雇ってる余裕はない！　幸い新しい人材も入って来たからな……ケッ」

ペッと唾を吐きかけると、マナックは最後に床にぶちまけられた補給品の数々を、ガシャ――――ン!!　と、思いっきり蹴り飛ばして出ていった。

あとには、ボロボロになって床に突っ伏すグエンが一人……。

そこに、

「ぐ、グエンさん？」

レジーナ!?

ど、どうか、コイツ等に一言……！

「あの……。グエンさん、本当にごめんなさい。でも、石鹸を切らしてしまったの……補充、お願いしますね」

すまなさそうに謝るレジーナ。

「ッ！」

（結局、パシリかよ……）

……しょせん、コイツ等は全員同じ穴の狢――。

パーティの連中なんてみんな似たり寄ったりだということを忘れていた……。

言いたいだけ言うと、マナックもレジーナも出かけてしまった。

そして、全員いなくなると、グチャグチャになった集会所にグエンが一人。

「うっ、うっ、うっ……。くそぉ……！」

どうしてこんなことになったんだろうと、涙ぐむグエン。

昔はマナックともツーカーの仲良しパーティだったのに、と。

情けなくて涙が出てきたグエン。

そうして、遠ざかっていくパーティメンバーの笑い声が一層耳についた。

第３話「すいません、俺ステータスポイント貯めてました」

※　回想　～過去の日のこと……～　※

「グエン！　グエン！」

ギルドの受付から満面の笑みを浮かべて駆けてくるマナック。

冒険帰りで全身泥まみれだが、そんなことも気にならないほど気力に満ち溢れている。

「どうしたんだ？　報酬がよかったのか？」

新しいクエストを探していたグエンはマナックを振り返る。

「違うよ。これを見てくれよ！」

そう言ってマナックが誇らしげに見せてくれたのは、Ｅランクの真新しい冒険者ライセンスだった。

「おお！　やったな、マナック！　もう、Ｅランクか」

「あぁ！　これも全部グエンのおかげだよ！　さすが、先輩だぜ」

そう言って嬉しそうにはにかむマナック。

まだまだ駆け出しなことには変わりはないが、冒険者になって日も浅いというのに、もうＥランクだ。

グエンの目から見ても期待の新人ってやつに見えた。

「先輩だなんて、よせやい！　だけど、今日は祝いにちょっと奮発するか？」

「いいのか？　も、もちろん奢りだよな⁉」

そう言って悪戯っぽく笑うマナックに、グエンも微笑み返す。

「はは。ちゃっかりしてるな――ま。俺に任せとけよ」

「さっすが、グエン！　ありがとうな、グエン！」

※　回想終わり　※

「――ェン。……グエン！　おい、オッサン！　ぼーっとしてんじゃねぇ!!」

バシャ！

「うわッッ!!」

パーティ全員の荷物を担ぎ、息も絶え絶えのグエンに向かって投げつけられる泥の塊。

湿地の悪臭をふんだんに吸い込んだそれは鼻を直撃し、容赦なく嗅覚を刺激する。

「あー、きったな〜い！」

「元々きたねえっつの！」

キャハハハ、ゲラゲラゲラ!!　と、シェイラとアンバスが大笑い。

それを見ながら、レジーナも含み笑いを隠せない様子だ。

「ったく、呼ばれたらさっさと来いッ！　ここで休息をとるから、全員分の軽食を用意しろ」

「そ、そんな急に……!?」

ギロリ!!

グエンの言い分など聞かずに、それだけを命じると、マナックはさっさとパーティメンバーの輪の中に戻っていった。

「わ、かった……」

そして、グエンは言われるままに、のろのろと野営準備を始める。

ここまでの道程で疲労困憊だというのに、休む暇も与えられないとは……。

「はぁ……」

汗をぬぐったグエンは、荷物を下ろし周囲を見渡す。

ここは辺境の街から遠く離れた僻地。

周囲はボコボコと泡立つ毒の沼地があちこちに。溢れる瘴気にむせ返りそうになるほど……。

そう。この不毛の大地こそ魔王領、四天王の直轄地だという。

マナックはその大地に堂々と立ち、野営地の中で見つけた置手紙を読んでいた。

どうやら、ここは先行するリズの決めた中継地点らしい。

「ふむ……。斥候活動中のリズから連絡だ。どうも、この先で四天王『ニャロウ・カンソー』を発見したらしい」

「へへ！　マジかよ。やるじゃないかリズの奴」

リーダーらしく状況説明を行うマナックと、リズの手腕を褒めたたえるアンバス。

「え～？　なんでリズが直接こないのー？　アイツさぼってるんじゃないのー？」

シェイラは辛辣だ。

同じチビっ子どうしで、キャラがリズと被っているのが気にくわないのかもしれない。

こう見えてシェイラは、SSランクパーティに最年少で加わった実力者なのだが、愛らしい外見もあいまって、普段はパーティのマスコットキャラとして可愛がられているのだ。

「……シェイラ、そんなこと言うもんじゃありませんよ。リズさんは新人とはいえ、よく働いてくれています」

「そーそー。誰かさんと違ってな～」

レジーナの言葉に、グエンの悪口を被せるアンバス。

いちいちコイツは……！

アンバスの野郎の言うことは本当に気にくわない……。

「お、俺だって精いっぱいやってるだろう?」

さすがにここまで荷物を運んできたメンバーに対して言葉が過ぎると思い少しだけ反論するグエンだったが、

「パシリが無駄口を叩くなッ！　それよりも、リズの連絡によると、この辺を『ニャロウ・カンソー』が絶えず移動しているらしい。そのため目を離すことができないそうだ」

「ほー……。するってぇと、今もリズが追跡中か?」

「あぁ、そして最短ルートで俺たちを導いてくれている」

そう言って、僅かな踏み跡を指し示す。どうやらリズが作ったルートらしい。

その途上には、点々とわかりやすい道標も置かれている。

「へへ。なら楽勝だな。とっとと倒してSSSにランクアップといこうぜ」

ニヤリと笑ったアンバスは、タワーシールドを手にしてズンズンと先に進んでいく。

タンクの役割を持つアンバスが先頭を進めば自然と背後には道ができるのだから不思議なものだ。

「そうだな。シェイラとレジーナは後方警戒。俺は側面を警戒しつつ、全体を見る――――んで、オッサン!!　テメェは遅れてんじゃねぇ！」

自分で休憩と言っておきながらもう忘れているらしい。

「お、おい！　待てよ。せっかく……」

今火を起こしたばかりで、お茶を淹れようと思っていたのだ。

それに、パンだって——。

「ほぉら～。行くよー」

「グエンさん、急ぎましょう」

慌てて撤収にかかるグエンを放置して、パーティはさっさと先に向かい始めた。

グエンは大慌てで荷物を片付けているが、そんなにすぐに移動できるはずがない。

「おい、パシリ野郎。時間かけんじゃねーぞ？」

「そうそう。パシリと荷物持ちくらいしか仕事がないんだから、迅速果敢——時間はお金と一緒だよ」

アンバスとシェイラのありがたいお言葉に、

「早く行け——ほら、そんなに遅いんじゃ、ステータスの割り振りをもう一回考えないとなー。いつも通りステータスポイントは『敏捷』に振ってんのか？　結構ため込んでんの知ってるんだぞ」

ニヤニヤと笑うマナック……！

（く。こいつら……）

自分が強いからって!!

だ、誰のせいでパシリばっかりやってると思ってるんだよ！

「あ？　もしかしてコイツ、ステータスポイント貯め込んでやがるのか？」

クルリと振り返るアンバス。

その視線に、ドキリと心臓が跳ねるグエン。

マナックにランクを追い越され、いつの間にかコキ使われるようになってから、パシリ専門として、半ば無理やりステータスポイントを『敏捷』に振るよう強要されていた。

それは、とにかく早く動いて「パシリ」をしろということ。

つまり、『敏捷』に極振りをして、パーティのために素早く動けという無茶苦茶な指示だった。

だが、それはグエンがパーティに残るための条件でもあったのだ……。

「たぶんな。……前々からパシリのために『敏捷』に振れっていってんだけどよー。このオッサンのトロさを見ただろ？」

「確かにトロくせぇ……。おい、オッサン！　誤魔化すなよ？　シェイラの『鑑定魔法』でわかるんだからな。……ホラ、残ったステータスポイントも振るんだよ！　何のためにテメェにも経験値分けてやってると思ってるんだ？」

ぐ……。

（そ、そりゃ、こんな狩場じゃ、俺一人で魔物を狩るのは難しいし、しょうがないだろ⁉　寄生してるわけじゃ――）

何か、言い逃れを考えようとしているグエンに向かって無情にも……。

「そうだなー。一度確認しておくか？　それとも、『再振りの丸薬』を使うか？」

そう言って、スキルポイントを一度リセットして再振りができるという『呪いの薬』の小瓶を取り出してみせるマナック。

それはＬｖ１にまで一度ステータスを下げ、一割ほどのポイントを代償にして、再振りを可能とする薬だった。

「……う」

メンバーに取り囲まれ追及されるグエン。

その圧力にダラダラと冷や汗を流す。

「そ、その……」

くそ……!!

もう、パシリはウンザリだ！

「ああん!?　聞こえねぇよ！　どーすんだよっつってんだよッ!!」

みなまで言わせず、『再振りの丸薬』をポイッとグエンに投げ渡すと、

「…………グエンのオッサン。テメェよぉ。前々から俺が指示した通りに『敏捷』に振ってなかったらわかってんだろうな？」

「な!!　何をする気だ!?」

ブルブルと震えるグエンの胸倉を摑むマナック。

「はッ！　震えやがってみっともねぇな～。……くひひ、決まってんだろ――それを飲んでもらうぞ？」

「そ!?　な？　ええ!?　ば、ばかな!!」

い、いくらなんでも、他人にステータスポイントをリセットする権利なんて……！　仲間とはいえ、ここまでとやかく言われる筋合いはないはずだ！

たしかに、言われた通り、しぶしぶとある程度『敏捷』に振ってはいるけど……。

「あ!?　オッサン、何だその顔は？　おい、シェイラ」

「ぷぷー！　グエンってば、プルプル震えちゃって、かーわいー！　じゃ、え～っと鑑定魔法かけるよー……『鑑定（アナライズ）』!!」

シェイラの魔法杖（スタッフ）が輝き、小さな魔法陣がグエンの頭上に出現する。

クスクス笑いながらシェイラが魔力を送ると――……。

「――おや？　おやおや～、これはこれは～。うぷぷぷっ！」

「よ、よせッ！」

強制的に解放されるステータス画面。

グエンが慌てて手を伸ばすも、

ブゥン……。

「ひゃあッ!?」

☆　『鑑定（アナライズ）』によりステータスを開示します　☆

名　前：グエン・タック
職　業：斥候
称　号：パシリ
（条件：一定期間パシリとして活動）
恩　恵：パシリ効果により、店主が同情し品物を安く買える——こともある。
　　　　稀（まれ）に店主が高値で売りつけることもある。
　　　　あと、子供が石を投げてくる。
体　力：２６７２
筋　力：９３４
防御力：９５０
魔　力：５６９
敏　捷：４３８５
抵抗力：８４２
残ステータスポイント「＋９８０」
スキル：スロット１「韋駄天（いだてん）」
　　　　スロット２「飛脚（ひきゃく）」
　　　　スロット３「健脚」
　　　　スロット４「ド根性」

スロット５「ポーターの心得(こころえ)」
スロット６「シェルパの鏡」
☆　大魔術師が、魔法を解除しました　☆

「あら、あらあら〜！」

ニヨニヨとした目でグエンを見下ろすシェイラ。

ふわりと揺れるスカートが可愛らしいのに、その顔の小憎(こにく)らしいこと!!

「おぃ、グエンんん………」

あろうことかステータス丸見え。

普通はパーティに見せるならギルドの鑑定水晶のサービスでこっそり開示するものだというのに……！

冷たい目線をマナックから感じ取る。

（や、やばい……！）

ステータスを鑑定魔法で周囲にばらすのは不作法とされ、冒険者間では本人の同意なしにやることはご法度(はっと)という暗黙の了解があるのだ。

だというのに、コイツ等(ら)ときたら——!!

今にも、マナックの拳(こぶし)が降り落ちてきそうな気配にグエンは目をつぶって衝撃に備える。

しかし——。

……ぶはっ!!

「ブハハハッ‼　称号！　『称号』みろよ——ぱ、ぱぱぱ、パシリの『称号』だぜ！」

「ぎゃははは、ぱ、パシリだってよ～‼　れ、レア中のレアなんじゃね？　ぎゃははは！」

「きゃははは。……まさか本当にパシリだったなんて。きゃーはっはっは！」

「くすくす……。み、皆笑っちゃ悪いわよ。クスクス」

マナックたち三馬鹿は当然のこと、聖女の如きレジーナまで声を殺して上品に笑っている。

「うひゃははは。す、すげー、み、みみみ、見ろよこれ。び、敏捷４０００超え！　お、オッサン……お前ゴキブリ並みの敏捷だわ、これ。マジもんのパシリだぜぇ」

「こ、ここここ、これは速そうだぜぇ！　ひゅー。グエン君のパシリダッシュが見てみたい！」

「きゃははは。コストパフォーマンスが良さそう～」

「くすくす。わ、笑っちゃ悪いわよ……！　グエンさん？　無理はしないでね、くすくす」

ゲラゲラと仲間に嘲笑われるグエン。

「ぐ……！」

身体が怒りと悔しさで真っ赤に染まってブルブルと震える。

だけど、それを口にすることはできない。

下手をすればパーティを追い出されて、『光の戦士たち』のポジションを失ってしまう。

それを考えるとグエンはただ力なく笑うしかなかった。

だけど…………‼！

ぐ……。くそっ！
ふ、ふざけんな!!
ふざけんな!!
お前が言ったんだろ、マナック!!
お前らのためにステータスをこんな……！
ふざけやがって……！
ふざけやがって!!
ギリギリと拳を握りこむ。
そして、何もかも嫌になり、自棄（やけ）になって、言い返してやろうと――――！
そう!!
言い返してやろうと――――!!
「ふ……」

第４話「すいません、犬の真似だけは……！」

ふ……!!

ふざ、ふざけ────……。

──ふ、

「……ふへへ。あは、はは。あははは。ま、まいったなー」

だが、グエンの口から零れたのは、情けない追従笑いだった。

自分でも、怒りで体が震えるのを自覚しているのに、口をついて出たのはいつものそれ……。

本音では全員をぶん殴って顔面を陥没させてやりたいくらいだ──。

だけど、そんな力もなく。そして味方もいない……。

だから……。

「あははは。は、恥ずかしいな──こんなステータスしてるなんてさ」

笑いながらも、ポロリと涙が零れる。

それを見て、いっそう笑うパーティの面々。

悔しくて悔しくて……!!

「は、ははは。わ、笑うなよ。ははは……」

だけど、『再振りの丸薬』でステータスをリセットされるよりマシで……。

で、でも──。

くそ……!

くそ──!!

（くそぉぉぉぉぉぉおおおおおおおお!!）

奥歯がバリリと嫌な音を立てる。

口の端が破れて血が……。

「お──……」

お前らがやれって言ったんだろうが!!

パシリをさせるために無理やり、ステータスまで決めやがって……！

グエンは内心で滅茶苦茶に憤る。

それはそうだろう。

マナックの指示でステータスポイントを振っていたのだ。

それもこれも、パーティを追い出されない条件として、雑用──すなわちパシリを効率よくやるためにッ。

それでこんなにも歪なステータスになってしまったのだ。

マナックたちと良好な関係が築けていた昔ならここまで酷くはなかった。

ステータスポイントは満遍なく割り振り、バランスよくしていたはずなのに、いつの間にかこうなってしまった。

「「「あはははははははははッ!!」」」

「あ、あはは……」

しかし、今更どうにもできない。

追従笑いしてでも、ステータスリセットの件だけは勘弁してもらうしかない……。

ステータスをリセットし、割り振りなおすための『再振りの丸薬』は本来、呪いの薬だ。

貴重なステータスポイントを「一割」も、もぎ取っていくくせに、再振りを一度行うと、もう二度と割り振りなおすことはできない身体に変質する。

どうも薬が強烈すぎて、体に耐性ができてしまうらしい。

下手に、再び薬を飲めば命を落とすという代物。

つまり、一度きり。

飲めば最後……二度と振りなおすことができないという――恐ろしい薬だ。

それが、『再振りの丸薬』という呪いのアイテム。

そして、

「……おい、何笑ってんだオッサン。俺は言ったよな？　ステータスポイントは全部敏捷に振れってよぉ――？」

な!?

「お、おい。待てよ――た、たったの980ポイントじゃないか、す、すすす、すぐに振るよ！　な!?」

慌てたグエンがステータス画面を呼び出し、残りのステータスポイントを振ろうとするも、

「おいおいおいおい。もう遅ーよ、なぁ～皆？」

「へへ、そうだぜー。俺はちゃんと約束を聞いたからな」

「嘘はいけないよ、おじさーん」

ニタニタ笑うアンバスとシェイラ。

そして、

「グエンさん……。誠実さとは偽らぬことです……」

レジーナまでも、悲しそうに目を伏せる。

って…………冗談だろ!?

「てーわけで、だ。――飲めよッ！」

グイっと押しつけられる丸薬。

それは異臭を放つ奇妙な薬で…………飲めば、立ちどころにステータスは初期値に戻るのだろう。


「う…………。よ、よせ！」

こ、こんな魔物だらけの土地でステータスをリセットだって？

しかも、呪い付き……！

「飲めッ……つってんだよ！」

ガシリと首根っこを摑まれ薬を飲めと――。

（い、嫌だ！　ただでさえ、パシリ扱いされているのに、全部のステータスポイントを敏捷に振ってしまったら、俺は冒険者でなくなり、本当のタダのパシリになってしまう……！）

しかも、ステータスポイントの一割を失う劇薬だ。

「い、いやだ!! やめろぉ!!」

だから、耐える。

マナックが口に捩じ込もうとしても頑として拒否する。

「け! 生意気に抵抗しやがって――おい、アンバス!」

「はいよ!」

ガシリと背後から押さえ込まれるグエン。

そこに、マナックが丸薬を飲めと強要する――やめろぉぉおぉおおお!!

だが、アンバスの怪力がグエンを押さえ込み、無理やり口を開かせようとする――。

やめてくれぇぇぇえええええええええ!!

「……いいぜ」

え?

「ぎゃはははは、見ろよ。必死な顔してやがるぜ。……いいぜぇ、その必死さに免じて許してやる」

……え!?

「ほ、本当か――」

マナックありが……。

「――ただし、その場で犬の真似をしたら、だ」

「……は？」

な、なんだと……？

今、なんて……？

「おい、聞こえなかったのか？　嘘つきを許してやる代わりに、犬の真似をしろって言ってんだよ‼　三回まわって、ワンと言うんだよッ」

そ、

「そんなことできるはずが…………！」

「――じゃぁ、飲めよ」

「……ッ」

思わず仲間たちを見回すが、

「ぎゃははは！　オッサンの犬真似とか誰得だよ」

「えー。かわいそー。うぷぷ」

「さ、さすがにそれは……。ぐ、グエンさん、無理しなくてもいいんですよ？」

誰もほとんど庇ってくれやしない。

レジーナですら、あの言い方だと――「諦めて丸薬を飲め」と言っているようなものだ……。

「『じゃあ、飲めよ』」

「きゃは、早く飲みなさいよ～」

「……え～っと。さ、さすがにフィールドでこんなことをしている場合じゃ……」

背後から押さえつけるアンバス。
そして、口に捩じ込もうとするマナック――。
ケラケラと笑いながら囃(はや)し立てるシェイラに、
フィールド以外ならいいと言わんばかりのレジーナ。
く…………………………。
ど、
どいつもこいつも――――!!
「ふ……!」
ふざけるな――――!!
だれが……!
――わ、
「………わんわんッ――」
し――――――ん。
あれ。
(お、俺……)
何やってんだ、よ。
ぶはっ!
「ぶっは!!」

「ぎゃはははははは！　見ろよ、マジでやりやがった！」

「きゃははは！！　ひどぉい！　アンタたち最低」

ケラケラと笑う三馬鹿(ばか)どもに、

「ぐ、グエンさん……なんて真似を」

悲しげに目を伏せるレジーナ。

「ブハハハハハ、おいおい、グエンのオッサン。芸が足りねーぞ」

「ほれほれ、お手だお手ぇ。あとは「お座り」と「伏せ」だ。伏せ――ぎゃははは」

「見てらんなーい。きゃはははははは！」

は、

はははは……。

「わんわん。わんわん……！」

ぐ…………。

ぐぐぐぐ…………。

「なんてことを――」

笑い転げる三人と、嘆(なげ)かわしいと首を振る枢機卿(カーディナル)。

「ぎゃははは。お、オーケーオーケー！　許してやるよ。ポチ。……あ、パシリだっけ？」

「ひでぇ、格好(かっこう)だぜ。ワン公。いや、パシリだっけ？　ぶはははははは！」

「きゃははは！　お、オッサンが、い、犬の真似だって、あーははは！　あーお腹(なか)痛い。うぷぷぷ……」

そのあとは笑い転げる三人に愛想笑いをしつつも、怒りで顔を真っ赤にしたグエンはただひたすら下を向いて追従するのみ。

いっそ……、

いっそ!!

いっそ魔王軍四天王でも現れて、コイツ等を皆殺しにしてくれないかと――……!!

――グエンの心が暗黒に押し包まれそうになったその時ッ……!

「な、何やってんのよ、アンタ等!!」

まさにそのときだ。

鋭い警告が前方から響いてきた。

第5話「すいません、こんなとこで騒いじゃダメっすよね？」

「な、ななな、何やってんのよ、アンタ等!! ここをどこだと思ってるのよ!!」

突如、『光の戦士』の前に現れたのは、褐色肌の美少女だった。

彼女はボディスーツのような、きわどい黒い軽鎧を身にまとっており、背には短弓(たんきゅう)をかつぎ、手にはクナイ。

そして、体中に、暗器を括(くく)りつけていた。

そう、『光の戦士(シャイニングガード)』の新人、暗殺者でダークエルフのリズだ。

彼女は白銀の髪を敢(あ)えて泥(どろ)で汚し、綺麗(きれい)な顔にも炭を塗っているが、それでもなお美しい少女だった。

そのリズが――。

「どうしたリズ？　慌(あわ)ててよぉ、何があった……」

「そうだぜぇ？　まずは落ち着きなって、『ニャロウ・カンソー』はどこだよ？」

「っていうか、リズ臭ーい……！」

一方、リズの険しい様子にも何の危機感も持っていないマナックたち。

彼女は険しい表情のまま、タタタタッ！　と、軽快に走り寄って来ると、マナックの胸倉(むなぐら)を掴(つか)み……。

「馬鹿(ばか)ぁー!!　魔物の領土でなんでそんなに騒いでんの？　バカなの？　死ぬの――……？　何考えてんのよぉもぉ！　あいつに気づかれちゃったじゃない!!　……ああ、もう、いいから、皆、隠れてッ！　――四天王『ニャロウ・カンソー』が来るわッ！」

「「「は？」」」

「え…………？」

ズズン……バキバキバキ、メリ。

リズが駆けてきた方向。

湿地の低木が多数生い茂るその先から――。

《ウジュルルルルルル……！　ブシュゥ……》

不気味な叫び声がこだました。

（――う、嘘だろ……。マジで来やがった！）

困惑するグエンに、慌てるマナックたち。

「な、なんだよ！　この声、この音！」

「こ、この魔力は……邪悪な気配は……！」

表情を険しくするレジーナ。

その様子からも、ただ事ではないとわかる。

そして、

ズシィイイイイン……！　と突如、リズの背後から現れたのは――……。

《ブシユゥウゥ………！》

「「「ひぃ!?」」」

三バカとレジーナが顔面を蒼白にしているその前に!!

そう。のっそりと現れたのは――壁？

「お、おい……。なにかいるぞ！」

グエンの声にようやく顔を上げたマナックたち。

「か、壁？」

「な、なによこれぇ!?」

そう。

最初は壁かと思った。

それほどに巨大……そして、圧倒的量感。

………だが違う。

《ウジュゥゥ…………！　ブシュゥゥ……！》

顔があり、

身体(からだ)があり、

武器を持ったそいつは!!!

──まさに悪夢の存在だった。

「う、嘘だろ……」

マナックは茫然(ぼうぜん)とそれを見上げる。

リズは既(すで)にこちらに到達していたが、よほど慌てて来たのか、肩で息をして声をあげることもできないらしい。

かろうじて臨戦態勢を整えてはいるが……。

そのリズの代わりに、アンバスが叫んだ！

「し、四天王……毒者(どくしゃ)の『ニャロウ・カンソー』だぁぁああぁ――――!!」

彼の声は、
それはそれはわかりやすく、全員にその正体を教えてくれる。

そして、

《ヴジャァアアアアアアアアアアアアアアアアアアアアアアアアアア!!!》

ビリビリビリビリと、大気を揺るがす咆哮(ほうこう)に全員の生気が奪われた!

ぎゃ、

「「「ぎゃああああああああ!」」」

マナックは絶叫し、慌てて武器を引っ掴む!

だが、アンバスは盾(たて)を構えるのすら忘れ、
シェイラも杖(つえ)を握りしめたまま、ただブルブルと震えるのみ。

普段は毅然(きぜん)としているレジーナも……。


「じょ、冗談きついわよ……こんなのに勝てるわけが――」

「こ、こんなの無理ぃ――!!」

シェイラは腰を抜かし、失禁するほどだ。

ズシンズシンズシン!!

「ひぃ！　こ、これが、ニャロウ・カンソー!?　こ、こここ、これで魔王軍四天王最弱なの!?」

浄化に長けているはずの枢機卿レジーナでさえ、四天王の姿を見ただけで実力差を理解してしまった。

そう。圧倒的なまでの実力差に――。

「む、むり……」

あれほど威勢のいいことを言っていた『光の戦士』たちが、四天王最弱と言われているはずの、ニャロウ・カンソーに恐れ慄く！

《グルルルルウルウ、ウジュルルル……！》

だがそれも仕方のないこと。

だって、その姿は四天王と呼ばれるに相応しく、凶悪そのものッ！

毒を撒き散らしながら迫りくるニャロウ・カンソーは、いわば巨大なリザードマンといった風貌だった。

いや、もはやドラゴンか…………！

《ルぅルルルウルウぉぉおおお……!!!》

ビリビリビリビリ……！

太い四肢と棘だらけの尻尾を持ち、全身は分厚い鱗で覆われており、一見したところ頭部には目はない。

――代わりに瞼のような……分厚い装甲を纏っている。

「ぶ、武装してやがる！」

そして、武装はと言えば、手にそれぞれ槍と銛を持っており、尻尾にはモーニングスターのような鉄球がついていた。

さらに、全身は魔法を跳ね返す「魔法反射」の効果を有する白銀の鱗に覆われており、直立すれば５ｍという体躯をもつ――。

これこそが、ニャロウ・カンソー。

人の手の届かぬ存在感。

その頭部からは常に毒を吐いて、見たものの心を折るという……。

それが魔王軍四天王!!

その最弱といわれる――毒者の『ニャロウ・カンソー』の姿だった。

《ブシュ……。ウジュルルルル！》

奴が息をするたびに、周囲には異様な臭気が立ち込めてきた。

「う、スゲー匂いだ」

「おええええぇ……！」

ビチャビチャとシェイラが嘔吐する中、ニャロウ・カンソーが堂々と姿を現し『光の戦士』を見下ろす。

《ウジュルルルル……！》

「で、でけぇ……！　ちぃッ！　リズの奴、厄介なもの連れてきやがって……！　奇襲されてんじゃねーか、くそ！」

「おい、どうする？　やるのか!?」

毒づくマナックに、アンバスが顔面を青くしながらも問う。

「こ、このままではまずいよな。……おい。レジーナ！　すぐに結界の構築を！　まずは態勢を立て直す――」

マナックは愚痴りながらも、すぐに迎撃態勢を整え、四天王の一角に向き合う。

奇襲を受けた時点で不利と判断し、一度態勢を整えることにしたらしいが……。

しかし、

「む、無理よ！　結界は、そんなにポンポンと展開できるものじゃないわ！　時間がかかるの！」

レジーナの特技、聖女教会の秘術――「聖域結界」。

それは、邪悪なものの侵入を阻み、一時的に癒しの効果をもたらす無敵の盾なのだが……。

「な、なんだと!?　おまっ、あんなに無敵の結界だって豪語してたじゃねーか！」

「だーかーらー、時間がかかるの！　で、でも。あ、アンバスが時間を稼げばあるいは……！」

結界までの時間をタンクのアンバスに稼いでもらおうと提案するレジーナ。

それを聞いて、

「そ、そうかッ！　よし、アンバス行けッ！」

「ば、ばばば、馬鹿言うな!!　物理はともかく、毒は――――ぐぅ、くっせ!!」

ズシン……ズズズ……。

《ブシュゥ……！》

いつの間にか周囲を薄く漂っている霧のようなもの。

これは、

「ど、毒です!!　奴の毒が撒き散らされています！」

さっと、ハンカチを口にあてて簡易マスクを作ったレジーナ。

まともに吸い込んだアンバスはと言えば、口から泡を吹きビクビクと痙攣している。

「アンバス!?　お前タンクだろうが………!!　って、こりゃダメだ!!」

バッタ――――――ン!!

ついに、白目を剝いてしまったアンバス。

「く……！　まだ戦闘にもなっていないのに！　このものの不浄を癒したまえ……解毒魔法――！」

パァッァア♪

レジーナは解毒魔法を唱え、アンバスを回復させるが、戦闘開始前でこれだ。

まともに戦えるはずがない……！

《ブシュウウウ、ブシュウウウウウ!!》

ズシン……！　ズズズ……！

アンバスが解毒されようがお構いなしにニャロウ・カンソーが迫りくる。

まるで、誰を最初に獲物にしようか舌なめずりするように……。

遂に全貌を現したニャロウ・カンソー！

「こ、こんな奴！　僕の魔法で!!」

「そ、そうだ！　やれッッ！　シェイラ」

キュイイイイイン!!

シェイラの持つ禍々しい杖に魔力が集中していく。

それは上級電撃魔法、マルチサンダーボルトらしいが、

……ここでようやくグエンが叫ぶッ！

「だ、ダメだ、シェイラっ！　そいつに魔法は――――」

しかし、このパーティでグエンの言葉を聞く者はいない。

リーダーのマナックに至っては、

「……くっくっく！　奴は四天王最弱ぅ！　――俺たちの力で一気にッッ！」

グッと人知れずマナックたちが拳を握りしめ……。

いけっ！　シェイラ！　と――。

「――うん!!　はぁぁぁあああああッ！　マルチサンダーボルトぉぉお！」

ちびっ子のシェイラの杖からバリバリバリ!!　と眩い光が迸り――……ピシャーン！　とニャロウ・カンソーの体を刺し貫いた！

「やった！」

刹那。

ニャロウ・カンソーの巨体が白い光の中に消え！　シルエットがグラリと傾く。

「い、いいぞ、シェイラ!!」

「す、すごいじゃない!!」

マナックと、レジーナが手放しで褒める。

そして、ようやく意識の覚醒したアンバスがボンヤリとした顔でニャロウ・カンソーの姿を捜し……。

モクモクと猛烈に立ち込める爆煙の中、言った。

「や、やったか………？」

第6話「すいません、それってフラグですよね？」

「や、やったか……？」

――そのフラグっぽいセリフよ。

って、

……案の定。

「や、やってないわよ!!　ば、バカじゃないの、アンタら!?」

ようやく息を落ち着けたリズが、全員を非難するように叫ぶ！

「な！」

「は？」

ポカンとしたマナックたち。

だが、リズだけは武器を構えたまま油断せずに――――さらに叫、ぶ……？

《キシャァァアアアアアアアアアアア!!》

叫ぶリズの代わりを買って出たのは、
ぬぅ……と、煙のベールを破って顔を出したニャロウ・カンソーだ！

その顔が、ギラギラと闘志に燃えているようにも見えた。

「「ひぃいいい!?　き、効いてない!?」」

「もう！　効くわけないでしょ!!　奴の鱗には魔法は通じないって――事前にグエンが言ってたじゃない！　あぁ、もう！　なんなのアンタら!?　クエスト前にあれほど……きゃあああ！」

バチバチバチ!!

突如、周囲に降り注ぐ電撃魔法。

慌ててカウンター魔法を発動したシェイラとレジーナのおかげで被害は最小限に抑えられたが、周囲に立ち込める魔力の量は少しも衰えない。

「くそ！　ニャロウ・カンソーが魔法を使えるなんて聞いてないぞ……おい、グエンっ、てめぇ!!」

パーティの雑用係(パシリ)として、グエンは様々な用務を押しつけられている。

その一つがクエストの傾向と魔物の種類などを調べることなのだが――……。

「ち、違う……」

「そ、そうだテメェ!! 適当なこと調べやがって！ どう責任取るつもりだ！ おっとぉ!?」

ドカンッッ！ と、さらに着弾する電撃魔法。

「ち、違う！ お、俺は――」

グエンは背中の荷物に押しつぶされそうになりながらも、必死で言い募(つの)る。

「あんだぁ、ごの!!」

「死ね！ パシリ野郎」

しかし、見ての通りグエンの話を聞く連中などではない！

それどころかこの期(ご)に及んで、

「責任とれ、この野郎!!」

「ぶっ殺すぞ！ パシリがぁ！」

――あぁもう!!

「だから、あれは奴(やつ)の魔法じゃないんだ！」

グエンの叫びが空(むな)しく響く。

だが、誰もがマナックのように愚(おろ)かだったわけではない。

「(ま、まさか。こ、これ……僕の魔法?)」

唯一（ゆいいつ）……。

いや、マナックたち以外の者は思い出していた。

レジーナも、リズも――グエンも、そしてシェイラも!!

グエンが下調べをしていたこと。

魔法は効かないと聞き……さらに、魔法は反射されると言われていたことを!!

「ご、ごめ――ぼ、僕」

慌てて謝罪するシェイラ。

だがもう遅い！

反射した電撃魔法は大半が明後日（あさって）の方向に着弾して、事なきを得ていたが……。

バチバチバチバチバチバチっっっ!!

「う、うそ……」

今度はニャロウ・カンソーの持つ槍（やり）に魔法の光が宿る。

それはシェイラの魔法の何倍もの威力（いりょく）のもの！

《ウジュルルルル……》

まるで、魔法が使えないって口ぶりだな。

バカ言うんじゃねーよ！　とばかりにニャロウ・カンソーが槍に魔法をたぎらせる！

それは、どー見ても上級魔法のさらに上位……。

そう、特上級魔法のそれだッ！

「う、うそでしょ」

　レジーナが茫然（ぼうぜん）と見上げる。

「さ、サンダーロード（特上級電撃魔法）…………」

　シェイラも茫然としながら、その魔法を見上げる。

「ま、魔法使えるじゃん…………」

自ら（みずか）が練り上げた魔法の何倍もの上を行くそれを――……。

　バチチチチチチチチチ――…………!!

　に、

「「逃げろぉぉぉぉおお!!」」

　マナックたちは叫ぶ。

　そして、弾（はじ）かれたようにしてリズも走り出す。

　レジーナ――……そして、グエンも!!

「ぐ……荷物が――」

　しかし、グエンの行動がワンテンポ遅れる。

　いくら敏捷（びんしょう）を上げているといってもグエンの筋力で、この荷物の量は――!

　だが、幸いにもパーティメンバーよりも、頭が三つ四つは突き抜けている敏捷のおかげで、先頭を潰走（かいそう）するマナックたちに追走できていた。

「し、しかたねぇ、ここは一時撤退（てったい）だ!!……グエン、後で覚えていろよ!」

「そ、そうだ、この役立たず!!　全部、お前のせいだぞ……！」

口々にグエンを罵るマナックたち。

だがレジーナだけは、

「今はそんなことより、撤退しないと……！　アイツはリザードマン系の四天王。トカゲは執念深いわよ!?」

「だから、言ったのにぃぃぃ！　っていうか、アンタたち、バカ？　なんで、魔物の領域で静かにできないのよ!!　何を騒いでいたの？　ギャーギャーうるさいから気づかれたのよ――」

リズは最初から怒っていた。

せっかく、気づかれずにニャロウ・カンソーを発見し、偵察まで行えていたのに、この体たらく！

ＳＳランクのため、
ギルド肝入りでこのパーティに加入が決まったというのに……。

だが、実際はどうだ!?

ろくな反撃もできずにパーティは潰走。

……所詮は人の噂。

だから憤る。

件のＳＳパーティのいい加減さに!!

「……グエンのせい、グエンのせい、って言うけどねぇ！　アタシからすれば全部アンタたちの――……!」

「ま、待ってくれ!!　し、シェイラは!?」

リズの叫びを遮るグエン。

荷物の都合で最後尾を走ることになってしまったのだが、その視界の中にいつも見かけるあの小さな影がない。

チョコチョコと駆けているハズのシェイラが――……!!

振り返ったグエンの視線の先には、茫然自失とし――ペタンと座り込んだシェイラの姿。

魔法が跳ね返されたことにショックを受けているのか、それとも奴の魔力に驚いているのか。

遠目にも「ぼ、僕の魔法が……」とブツブツ呟いているのが見える――ちぃッ!

「んあ!?　あ、やべ」

「ありゃま!?　どうする?」

だが、それに気づいているはずのマナックたちでさえ、これだ。

ずいぶん軽い調子で危機感も何もない。

ニャロウ・カンソーから充分に離れたことによる安心感もあるのだろうが、マナックたちの「あ、忘れ物しちゃった。どうすんべ?」的な軽いノリのまま、逃げ足を止めようとしない。

それどころか、いっそう距離を開けていくマナックたちに、グエンの頭はクラクラとした。

「お前ら!　な、仲間だろ!?　た、助けに行かないと……!」

「は？」

「はぁ？」

「グエンさん……？」

だが、まったく聞く耳を持っていない。

な、ならば――……と、

マナックたちよりも、まだ常識のありそうなレジーナをチラリと見るも、彼女までもがあからさまに目を伏せていた。

（く……こいつらッ！）

――……こいつら本気か!?

「おいおい。どうした？　なんだよ、罪悪感か？　お前のせいでシェイラは死んだもんな～グケケケ」

「よかったなーグエンちゃん。シェイラの尊い犠牲で俺たちと――ミスをしたお前も助かるんだもんな！　なんせ、俺たちは知らなかったんだぜ、奴に魔法が効かないなんて」

はぁぁあ!?

「お、お前ら本気で見捨てる気か……!?」

しかも、魔法が効かないことを知らないだと???

そ、そんなアホな話があるか――！

俺は何度も何度も忠告したし、事前調査でちゃんと――……。

「なんだよ？　助けに戻りたいなら俺は止めないぜ？」

「そーそー！　ま、そんな奇特な奴いるはずが――」

グエンはみなまで聞かずに荷物を放り出す！

「うわっ!?」

「グエン、てめぇ！」

　そして、

「くそ、バカ野郎どもが!!」

護身用武器も兼ねる、普段は雑用に使っている折り畳みスコップを手にして、ほかには、緊急時用にまとめておいたポーション類の入った小袋だけを手に、グエンは取って返した。

「「おい！　グエ――――ン!!」」

背後でマナックたちがギャーギャー騒いでいるのが聞こえた。

「おい！　てめぇ！　荷物ぅうう！」

「何、勝手なことしてんだゴラァぁ！」

「ちょっと！　今引き返したらアイツが追ってくるのよ！　やめてグエンさん!!」

ち……！

どいつもこいつも!!

「やかましい!!」

しかし、身軽になったグエンは速い！

『敏捷』4000超えの本領発揮だ！

そう。今のグエンはパーティ一の俊足！

……滅茶苦茶速いッ!!

「伊達に敏捷特化じゃねぇぞー!!」

バヒュンッ!!　と風を切って走り去るグエンを見て、マナックたちは顔をポカンとさせて……。

「「は、はぇー……」」

呆気に取られて見ていたとかいなかったとか。

第7話「すいません、だけど見捨てられないッ！」

「はっ、はっ、はっ、はっ！」

いつの間にか、かなり離れてしまったようだ。

体感的には、接敵した場所まで無限の距離があるようにも感じられた。

それでも、敏捷特化のグエン。

実際にはかなり早く現場にたどり着いたようで、付近の臭気によってニャロウ・カンソーがすぐそこにいると感じられた。

そして、まだ――――シェイラも無事かもしれない。

だから隠れて近づくような真似をせず、わざと足音を立てて、低木の枝葉をガサガサと激しく鳴らしながら突き進む。

ババッ!!

そして、飛び出す!

さっきの現場に――――!!

《ブシュルウウ!?》

いた!!

ニャロウ・カンソーと、シェイラ!!

その光景は……。

さっきのまま。

――茫然自失状態のシェイラ。

だけど違っていたのは、ニャロウ・カンソーが巨大な口に笑みを浮かべながら、手に持った得物でシェイラを散々、甚振っているところだった。

ブワッ! と総毛立つ感覚!

一瞬にして怒りに我を忘れそうになる――。

「痛い……痛いよぉ！」

高価な防具はボロボロに、トレードマークの三角帽子も穴だらけ。

そして、柔らかな皮膚にはいくつもの切り傷と刺し傷が…………。

「シェイラ……！」

ぼろ布のような少女の姿を見ただけで、グエンの頭に血が上るッ！

普段、マナックたちと一緒にグエンを馬鹿にしていたことすら忘れて――――叫ぶ!!

「てめぇぇえええええ!!」

ダンッ!!　と、最後の一歩を踏み切り――高い敏捷性のままに、…………一撃ッ!!

「おらぁぁあああああああああッッ!!」

――ガィィィイインン!!

手に響くジンとした振動。

思わずスコップを取り落としそうになったものの、グエンは耐える。

そして、そのインパクトを利用してクルリと回転し、スタンッ！　とニャロウ・カンソーの上に乗ると、小袋から解毒ポーションを口に咥える。

毒の種類が不明な以上、気休めにすぎないだろうが、ないよりマシだ。

……そんなことよりも、

「――――……子供になにやってんだ、ごらっぁあぁあああああ!!」

振り上げたスコップで、また叩く!!

もう一度振り上げて叩きつける!!

さらに振りかざしてブッ叩くっっ!!

ガィン、ガィン、ガィン!!

「おらぁ、おらぁ、おらぁ!!」

無我夢中でぶっ叩く!!

それが効くかどうかも考えず、怒りとシェイラを救いたい一心で!!

らぁぁぁあああああああああああ!!

ガンガンガンガンガンガンガンガンガンガン!!

「おらぁぁぁあああああああああ!!」

頭、頭、頭、鼻、口、頭、頭口口頭頭鱗頭頭ぁぁあ!!

――くたばりやがれぇぇぇえええええ!!

「ぐ、グエン……?」

痛みと恐怖に濁った眼をしていたシェイラが、ようやく正気を取り戻す。

ボロボロの姿ではあったが、まだ辛うじて致命傷は受けていない……これなら!

「シェイラ!　俺が時間を稼ぐ――今のうちにこれを飲め!　撤退するぞ」

ポイっとポーションの入った小袋を投げ渡すと、シェイラは驚いた眼でそれを見るも、慌てて瓶の中身を飲み干した。

フワワーとした淡い光が彼女の傷口を覆い、肌を……顔色を正常に戻していく。

完全回復とは言いがたいが、ヨロヨロとしつつも何とか動けるようになるシェイラ。

「あ、ありが――」

「早く立てッ!!」

「おらぁぁぁあ!」ゴキィイイン!! と、さらに強烈な一撃(グエン的には)を食らわせると、ニャロウ・カンソーから飛び退き、距離をとる。

これまで反撃を喰らわなかったのは奇跡だろう。

どうも、シェイラを甚振ることに夢中で周囲に意識を配っていなかったらしい。

所詮は魔物ということか……。

「摑まれッ」

「きゃっ」

グエンは地面に降りると同時に、未だに足元がおぼつかないシェイラを抱きかかえる。

そして、彼女が僅かに身を捩るのも構わず、無理やり抱き締めるようにして脱兎のごとく駆けだした。

「俺が嫌いで――気分悪いかもしれないけど……今は我慢してくれ」

「そ、そんなこと……!」

驚いた顔のシェイラ。全力で否定するように首を振る。

そんな激しく反応しなくても……。トホホ。

「ほらっ。これを着とけ、オッサン臭くて申し訳ないけど……。その、なんだ。目のやり場に困る」

ボロボロの格好のシェイラは実に危うい姿。

ちびっ子なので色々薄いけど、女の子には違いない。

年頃の子がオッサンに見られるのは恥ずかしかろうという配慮で、上着を渡す。

「あぅ。あ、ありがとう……」

真っ赤な顔でいそいそと体に纏うのを感じながら、グエンはシェイラをお姫様抱っこしたまま駆け続ける。

「飛ばすぞッ！　舌を嚙むなよ」

「う、……うんッ！」

そして、毒のせいか顔をすさまじく赤くしたシェイラがグッとグエンの首に手を回し、身を寄せた。

ブルブルと未だに震えているのは毒のせいばかりでも──……。

《キシャァッァアアアアアアアアア!!》

ズンズンズンズンズンズンズンズンズン!!

「うぉ!?　き、来やがったな!?」

ち……。あれっぽっちの攻撃が効くわけないか。

チラリと振り返ったグエン。

その視界の隅に四足歩行に切り替えたニャロウ・カンソーが──……は、速ぇぇぇぇぇ!?

敏捷に極振りしているはずのグエンに近づいてくるニャロウ・カンソー。

かなりの速度を出しているグエンだけど、それでも徐々に距離を詰められる。

く……。まずい。

「ぐ、グエン!?」

シェイラが背後の様子に気づいて顔面を青ざめさせた。

そうだ……。

グエン一人なら逃げ切れる。敏捷特化は伊達じゃないのだ。

それでも追いつかれるのはつまり――……。

「ぐ、グエン。まさか……」

自分が足枷になっていることに気づいたシェイラが青ざめる。

また、見捨てられるんじゃないかと……。

(あぁ、そうだ……)

正直に言おう。たしかに、シェイラが足枷となっているのだ――。

重さも、体の可動範囲も――……ただのお荷物として。

だけど、な。

「――だけど、置いていきはしないッッッ!」

「ぐ、ぐえん………」

その言葉を聞いたシェイラが嗚咽を漏らす。

ポロリと涙を零し、グエンの首に回した腕をギュッと締める。

安心しろ、シェイラ。

(……俺は見捨てないッ)

──そうだ！　置いていくものか!!

仲間を見捨てて、何がSSランクだ！

何が『光の戦士』だ────!!

グエンの決意を知ってシェイラが初めて涙を流した。

年相応の少女のようにブワッと目に涙をためて声を殺して泣く──。

グエンの優しさを知り……。

自分を助けてくれた上──。

身を犠牲にしてでも、守ってくれようとするその姿に!!

「グエンんん…………」

《ギシャァァアアアアアアア》

だが、現実はそう甘くない！

ニャロウ・カンソーはあっと言う間に追いつき、背後からグエンもろともシェイラを喰らわんとする。

久しぶりの獲物。

久しぶりの女の肉──……。

久しぶりの玩具(おもちゃ)!!　逃がしてなるものか——と!!

「伏せてッ、グエンっっっ!」

第8話「すいません、逃げちゃいましょう!」

「伏せてッ、グエンっっっ!」

グエンの予想外の位置、まさかの前方から救いの手が————……?

視線を巡(めぐ)らせかけるグエンの鼻先をなにかが通過していく——。

ビ——ヒュ、ヒュンッッ!!

「リズ!?」

「伏せろって言ってんの!!」

黒いつむじ風のごとき、小さな影が戦場に乱入すると、その姿を追うように、鋭い輝きが疾(しっ)駆(く)し————……。

ズカカッカカカッ!!

《ギジャァッア!?》

着弾と同時にリズが急制動をかけた。

彼女の姿がグエンを庇うように降り立ったとき、

…………ドズゥゥンン!!

と、背後で沸き起こった盛大な地響きッ。

猛烈な土埃がグエンを追い越すようにして押し寄せてきた。

「す、すっげ……」

見れば、ニャロウ・カンソーが顔面にクナイを受けて地面に倒れている。

どうやら、前方から援護に駆けつけたリズがその勢いを活かして、クナイの強烈な投擲を行ったらしい。

「ゴメン、遅れたわ！　今から援護するねッ！…………はあっぁああ!!」

更に追撃の一手として、両手の指の間にいくつもの棒手裏剣を構える。

「多連投擲ッッ！」

ズバシュユシュシュシュシュユシュン！　……………ズカカカカンッッ!!

《ギョワアアア!?》

黒い手裏剣が暴風のように飛び出し、地面に突っ伏すニャロウ・カンソーに突き刺さる。

奴がそれを嫌がり、顔を掻きむしると……。

「伏せてッ！　爆・破・の・呪・符付きなの、あれ――」

「んな!?」

カッ――――……チュド――――――――ン!!

「ひえぇ！」

「きゃあぁ！」

グエンとシェイラの叫びが爆風にかき消される。

直後に、地面を震わせる大爆発!!

リズが両手から放った、八本の爆破呪符付きの棒手裏剣が一斉に爆発したッッ！

しばらくして、バラバラと土塊が降り注ぎ――ニャロウ・カンソーも……。

「や、」

「やったの!?」

顔を伏せていたグエンとシェイラ。二人が期待に胸を膨らませて後ろを振り向くも、

「やってるわけないでしょ!!　逃げるわよッッ！」

ですよねー……!!

《ギシャシャシャシャァジャァァアアアアアアア!!》

うわ、めっちゃ怒ってらっしゃる!!

「早く！」

「おう！」「う、うん！」

リズの援護で少し「時間」が稼げた。

だけど、「ヘイト」も滅茶苦茶稼いでしまった気がする！

それでも――。

それでも……!!

「だ、大丈夫よ。もう少しでマナックたちがいるから！　そこまで行けば……」

リズは期待を込めて前方を見つつ駆け続ける。

「は……？」

「え……？」

マナックたちが……？

グエンとシェイラが至近距離で見つめあ――……顔を見合わせる。

そして、リズが大きな勘違いしていることに気づいて、顔を真っ青に。

そうとも。

マナックたちがいるからどうだというんだ？

一体リズは、マ・ナ・ッ・ク・た・ち・に何を期待しているのか……？

「り、リズ？」

「大丈夫、いける！　『SS級パーティ』だもん。態勢さえ立て直せば……。加入して日が浅いアタシにもわかる。勝てる……！」

勝てる……？

勝てるだって……!?

「リズ――。違う。違うぞ、リズ」

「ち、違うよリズ……」

グエンもシェイラも理解していた。

だから、首を振らざるを得ない。

「「あ、アイツらは……」」

アイツらはあの程度の連中だ――。

奥の手もなにもありはしない。

あのとおりの見たままの実力で…………!

――た、態勢を立て直すなんてのはタダの方便なんだぞ!?

「え?　何言ってんのグエン。――あ、ほら。いた!　マナックたちだ……!」

期待の眼差しで前を見るリズとは異なり、
グエンとシェイラは一度顔を見合わせて、目を逸らし、また前を見て、二人同時に首を振った。

「ば、馬鹿な……!」

「アイツらじゃ――」

無理だ――――、と!!

第9話「すいません、こいつ等に期待するだけ無駄です！」

ズンズンズンズンズン!!

《ギシャァァアアアアアアアアアアアアアアアアアアアア!!》

ビリビリと震える空気に、グエンたちの背中が凍りつく。

そしてそれは、
逃げたくせに、未だ前方でモタモタしていたマナックたちにも伝わったらしい……。

「げ!!　嘘だろ!?」

「な。ば、バカな!!　こ、こっちに連れてきやがった……！」

「じょ、冗談じゃないわよ!!」

マナック、アンバス、レジーナ。

この、新三馬鹿の連中と来たら…………。

「ちょ、ちょっと……。な、何やってんのよ、アンタ等！」

リズがそこでようやく気づいた。

グエンは知っていた。

もちろん、シェイラも――――。

「何を……。何を！　何を荷物の仕分けなんかしてるのよぉぉぉぉおおおおお!!」

そう。

マナックたちは迎撃態勢など取っていなかった。

どうやってリズを送り出したか知らないけど、彼ら基準ではまんまと稼いだと思っている貴重な時間。

それを、あろうことかグエンが放棄した荷物の仕分け直しに使っていやがった。

しかも、その途中で揉めたのだろう。

誰が重い荷物を持つかどうかで、あーだこーだと……。

ただ明確にわかるのは、荷物が散乱していることとマナックたちが何の準備もしていないということだ。

だから当然、

「ば、ばばばばば、バカ野郎！　何で連れて来た!!　せっかく時間を稼いだのによぉお!!」

「くそ!!　に、逃げるぞ、俺は逃げるからな!!」

罵倒するマナック。

みっともなく、荷物を放棄して逃げ出そうとするアンバス。

「だから言ったのよ！　さっさと逃げましょうって!!」

そして、そんな甘い考えをニャロウ・カンソーが見逃すはずがなかった。

《ギシャァァアアアアアアアアアアアアアア!!》

「――く。無理ね……。これじゃ逃げられっこない、このままじゃみんな死ぬわ」

一人吐き捨てるように宣うのは、冷静に現場を見ているレジーナ。

「な!? そ、そんな! どうすんだよ!」

「くそ、グエンの奴!! 余計なことを!!」

はぁ？ 余計なことだぁ!?

仲間を助けるのが余計なことだって――!?

「――ふざけんな! このくそ野郎どもがぁぁっ!!」

ようやく追いついたグエンたち。

一度足を止めて肩で息をするも、マナックたちに掴みかからんばかりの勢いで迫る…………。

が、

「あーあ……。なんでこうなるのかしら」

憤怒の表情で駆け寄るグエンを見て、首を振ったレジーナ。

天を見上げ、ポツリと零す。

「しょうがないわね。…………こうしましょ？」

そして、視線を元に戻すとゾッとするほど冷酷な目を見せるレジーナ。

「――こうなったら、誰か一人が犠牲になるの。……そうすれば今度こそ時間を稼げるわ」

いけしゃあしゃあと、言い放ったレジーナ――。

「な!? お前、一度目ならともかく――……ゲフっ」

え?

「へ。そうだな。なら、そういう時は決まってるよなぁ」

グエンの腹に突き立てられるマナックの拳。

一瞬で肉迫され、容赦のない一撃がグエンを襲う。

内臓が圧迫されて口から血が……。

「ぐ、グエン……?」

「ブフ……」

パタタっ、と血が地面に飛び散り、ガクリと膝をつく。

そのまま、シェイラを抱えていた手が離れ、彼女は地面に降り立ち――その視線がオロオロとマナックとグエンの間を行き来する。

「お、おま……グフッ」

「お、しぶといな――アンバス!! やれッ」

「あらよっと!!」と、さらに追撃の一撃が。

……アンバスの野郎がニヤつきながら、グエンの足に剣を突き立てていた。

「ぐあああ!!」

「へ、へへ。ち、ちゃんと餌は動けないように、し、ししし、しとかないとよ」

意外にも少し声が強張っているアンバス。

さすがに、仲間に直接刃を刺すのは抵抗があったのかもしれない。

だが、小者らしく強がり、声の震えを隠すアンバス。

そして、ついに――。

「あっぐ――」

………ドサリ。

「ぐ、グエン？　グエン⁉」

驚いた表情のシェイラだが、マナックに肩をグイっと引かれ、グエンから離される。

そして、一連の惨劇を茫然と見ていたリズがついに叫ぶ。

「な、な……」

信じられないものを見る目で………そして、

「何やってんのよアンタたちは――!!」

第10話「すいません、それって人でなしじゃないですか⁉」

「何やってんのよアンタたちは――！」

チッ、と舌打ちをしたマナックをグエンは見逃さなかった。

もちろん、
アンバスのイラついた顔も……。

レジーナの冷酷な瞳も。

こいつらの、次の魂胆も――………!

「だ、ダメだ。リズ――」

こんな奴らでも長年の付き合いだ。

とくにマナックとは……!

「黙れ、パシリ野郎!」

「まだ殺すなよアンバス」

二打目を打ち込もうとするアンバスをマナックが止める。

その目を見て、グエンは確信した。

マナックの性格。今の状況、そして、グエンの勘……。

だから、わかった。

だから、感づいた――。

そう。

こ、コイツ等は……。

「……ぐふ。に、逃げろリズッッ!」

「黙れと言っただろッ!!」

ゴンッ!!　と頭を打たれ、意識が朦朧とするグエン。

そのまま力なく倒れるも、ボンヤリとリズを見て手を伸ばす……。

に、げろ…………。

「あー。もういいわ、面倒くさい――拘束術式ッ」

「な!?　あ、アンタ！」

ずるるる……。

闇から這い出てきたような黒い蔦。それがリズに襲いかかる。

誰のものかは明白だ。

神聖魔法の拘束術――つまり、レジーナの魔法の発動だった！

それがあろうことか、騒ぎ続けるリズに向かって……。

「が…………。あう、なにを……!?」

蔦に絡み取られ、魔力が彼女を拘束する。

微量の電気が流されているようなビリビリとした痺れの中――リズが必死に武器を構えようとするが動けない！

「はぁ……。まったく信じられない馬鹿どもだわ。――とくに駄目ね、この女は。もういいから、コイツの口を封じるためにも置いていきましょう」

冷酷な目を見せるレジーナが、ゾッとする声色でグエンに吐き捨てる。

そして、

「……じゃあ、マナック行くわよ。生餌が二匹もあれば十分。早く荷物を回収なさい」

「お、おう……、おいアンバス、シェイラ行くぞ！」

「わ、わわわ、わかってる！」

アンバスは言われた通りに荷物を回収すると、スタコラと遁走体勢。

そして、シェイラは…………。

「何やってるシェイラ！　とっとと行くぞ！　早く荷物を持てッ」

バシンッッ！　と小さな背嚢を押しつけられたシェイラは少しよろめくと、前を見た。

そして、
チラリとグエンを見て…………。

「ぁ――」

また、一度だけ前を向き逡巡すると、もう振り返ることもなく――でも、最後にチラリとグエンを……。

(し、シェイラ――お前、まさか!?)

「ッ……」

結局、

――い。

「…………………い、今行く」

「しぇ……？」

シェイラ!?

「………………しぇ、シェイ、ラ――――!」

う、うそ、だろ……?

血だらけになったグエンは、シェイラに手を伸ばす。

お、置いていくのか、――――と。

「ご…………ゴメン」

《ギシャァァアアアアアアアアアアアアアアアアア!!》

「ひぃ!」

「「うおぉおおお!?」」

悲鳴を上げるマナックたち。

「ほら行くわよ!　早くッ」

レジーナは率先垂範(そっせんすいはん)。先頭に立って脱兎(だっと)のごとく駆けだす。

そして、

マナック、アンバス――――シェイラ。

「ご……ゴメン、ゴメン!　ゴメンね、グエン!!」

涙を見せながらも首を振って、結局は駆け出すシェイラ。

でも、一瞬だけ足を止めると、

「ごめん!!」

荷物を地面に放り出すと中からポーションを数本取り出して、慌(あわ)てて駆け寄る。

「お、おい！　待てよ！　シェイラおま――」

「ゴメンね!!」

それだけ言うと、ポーションをグエンに差し出し、手に握らせると、あとは………「ゴメン、ゴメンね!!」と声をかけて、ついには駆けだしたッ!!

「あ………」

あ……。

あ――。

あ、

あの野郎。

あの野郎!!

「――あの野郎ッ!!」

あのやろぉぉ――――!!

あのやろぉぉぉぉぉおおおおおおおおおおおおおおおおおお!!!

しぇ、

「――シェイラぁっぁぁぁぁあああああああAAAAA!!」

がぁぁあああああああああああああ!!

み、みみみみ……。

み、見捨てやがった……！

見捨てやがった!!

見捨てやがった、あの野郎!!

しぇ………。

「――シェイラぁぁぁぁぁぁあああああああああああああああああああああああ!!」

あああああああああああああああああああああああああああああアンバス!!

マナック、レジーナぁぁああああああああああああああああああああああああああ!!

あああああああアイツ等ぁぁぁああああ!!

《ギシャアアアアアアアアアアアアアア!!》

そして、遠ざかる四人の背中にニャロウ・カンソーが吼える！

まるで、「二度と来んなッ」と言わんばかりに――……あるいは餌をありがとうと言わんばかりに!!

《ギシャアアアアアアアアアアアア!!》

そして、ズシンズシンと、少し離れたところから生餌に向き直ると、グエンを見て、リズを見て、トカゲ特有の長い舌をチョロリチョロリと出しては引っ込め、ニチャアアと顔に笑みを浮かべる。

そう、奴のお気に入りの女の肉である。

奴は、リズを見て………さもうまそうなものを見つけたように笑う。

「よ、よせ……！」

「が、かはっ……来る、な」

リズは未だ拘束術式に囚われているらしく、身を捩る程度しかできない。

いつもの彼女ならいくらでも抵抗できるはずなのに――。いや、それどころか彼女だけなら十分に逃げられる。

に、逃げられるはずなんだ!!

……そう、逃げられる！

――グエンが餌になりさえすれば!!!

「この、トカゲ野郎！　リズに手を出すな！」

小袋に入れていたポーションの空瓶を投げつける!!

石を拾い投げる。

「俺を食え!!　食えよぉぉおおお!!」

いくら叫べど、奴はリズしか眼中にない。

グエン程度では、注意を引くことすらできない……！

「くそぉぉおお!!　この野郎ぅぅううう!!」

所詮……グエンは敏捷特化型の冒険者。

しかも、パシリで――――役立たずのゴミだから。

そう。だから!!

オマケに負傷して……。

オッサンで……ただの役立たずで、臭くて、クズのパシリで……荷物持ちで――敏捷特化のクソゴミ野郎。

だから!!

「くそぉ…………!」

バンッ!!

地面を叩きつける。

だから!!　だから!!　だから!!

何もできない自分に腹が立つ!!

――だけど、なんとかしないと!!!

「リズぅぅぅううう!!」

「グエ、ン――」

ガクンとリズの体が揺れる。

ようやく、拘束術式が解けたようだ――だけど、

《ギシャアアアアア!!》

もう、ニャロウ・カンソーは目の前だった!!

「きゃあああああああああああああああああ!!」

リズの絹を裂くような悲鳴がこだまする。

だけど、ニャロウ・カンソーはそれすら楽しむと言わんばかりにリズにチロチロと舌を向けると――がぱぁぁぁぁああ！　と口を開けた！

その凶悪な口といったら――!!

螺旋を描くような歯の並びはまるで地獄の入り口――……。

い、

「いやっぁぁああああああああああ!!」

あまりの恐怖でリズがペタンと尻もちをつく。

チョロチョロと失禁し、一歩も動けない――。

「た、助け……」

や――、

「……やめろぉぉぉぉおおおおおおッッッ!!」

グエンは立ち上がる。

斬られた足から血が噴き出し、

殴られて折れた肋骨が突き刺さろうとも、立ち上がる!!

「ぐおぉぉぉおおおおお!!!」

ブシュウッと血が噴き出し、痛みに気が遠くなる。

バキバキッと肋骨が軋み、口から血の泡が出る。

疲労と、恐怖と、怒りと、憤りと――――！

――ぎゃははははははははははは！

三回、回ってワンと言ってみろぉ！

――げははははははははははは！

おっせーんだよ、パシリが！

――うふふふふふふふふふふふ！

逃げるためには仕方ないもの、ゴメンねグエンさん。

マナック、

アンバス、

レジーナぁぁぁあああ!!

――きゃははははははははは！

…………ご、ゴメンね、グエン――。

シェイラぁぁぁあああああ!!

「いやっぁああああああああああああ！　助けて。グエン…………」

ああああ、リズ!!

今、行く!!

リズ!!

唯一自分を庇ってくれたリズ。

助けに来てくれたリズ！
新人で何もわかっていなかったけど、グエンに冷たくしなかったリズ!!
一歩が遠い？
それがどうした。
足が痛くて走れない？
それがどうした。
パシリのくせに生意気だ？
それがどうした。
それがどうした!!
だが、それがどうした!?
俺は敏捷特化——パシリのグエン!!
俺の敏捷は——「４３８５」じゃあぁ!!
ダンッ!!
「うがぁぁああああああああ!!」
ブシュウウウウ!!　——グエンは血を噴き出す足をものともせず、リズに向かう！
今まさにニャロウ・カンソーの毒牙に貫かれんとしている彼女に向かって走る——!!
「リズ!!」
「いやぁっぁあああ……！」

ボロボロの姿のリズ、

それがさっきのシェイラに被って見え、心がザワつく。

シェイラの声が頭に何度も反響するッ。

「ゴメンね、グエン」

——黙れ!!　行く、今行く!!

「ゴメンね」「ゴメンね」「ゴメンね」

……ああああああああああああ!!

うるさい、うるさい、うるさい!!

シェイラの声。

シェイラの声！

——シェイラの声。

一度助けたのに、見捨てられた……。

きっと、リズだって——。

「違うッッ!!」

違う違う違う!!

リズは、お前とは違うぅぅぅぅうううううう!!

「ぎゃはははははは」

「げはははははははは」

「うふふふふふふふ！」

マナックたちの笑い声。

レジーナの冷たい目が脳裏に浮かんでは消える――…………。

「「見捨てちまえよ」」

わざとゆっくりとリズに迫るニャロウ・カンソー。

悪趣味なアイツは獲物が怖がっているのを見て楽しんでいるかのようだ。

グエンなど路傍の石程度にしか思っていない。だから、リズを甚振るように……。

「ふ……」

――ふざけんなッ!!

「ふざけんじゃねー!! 俺を、お前らと一緒にすんじゃねぇぞ――――――!!」

グエンは今までの鬱憤をすべて吐き出すように叫ぶ!!

俺は違うと、

俺は、俺は、

俺は――――……。

――ぎゃはははははははは、

「「早くしろよパシリ」」

プッチン………。

第11話「すいません、もうヤケクソです！」

グエンの頭の中で、何かが切れる音がした。

そう、彼の中で堪えていた何かが。

「さっさとしろよ！　パシリ野郎！」

さっさと……。

さっさと――。

早く。

一刻も早く――……。

「くそ野郎どもが…………」

ユラリと立ち上がるグエン。

そして、ぬったりとニャロウ・カンソーを睨みつけると、
ああ、そうさ。

「――……そうともさッ！」

あああああ、そうだよ!!

そうだよ!!

俺は、

「パシリだ」

すうぅぅ……、

「俺は『パシリ』だぁぁぁあああ!!」

それが……。

「――そ・れ・が・ど・う・し・た・ぁ！　健康優良中年男の極振りステータスの敏捷特化の４３８５を舐めんなよぉぉおおおおお!!!」

走ってやる！

駆けてやる!!

間に合ってやるッッ!!

伊達にパシリを何年もやってね――――――よ!!

「やきそばポーションを買いに行かせたら最速の男とは、俺のことじゃなあああああッッ!!」

パシリ特化の『敏捷』は伊達じゃない!!

「リズ！　手を伸ばせ！　目を閉じて、耳を覆っていろッ」

「ぐ。グエン……!?」

――君は見るな!!

オッサンのパシリ姿なんて……。こんなカッコ悪い場面なんて見なくていい!!

（そうさ、見ないでくれ……！）
鼻水を垂らして、
涎を撒き散らして、
顔面汗まみれの汚いオッサンの姿なんて――。
見るな、リズ!!!
そして、目を瞑っている間に――。
「うああおおあおおあああああ!!」
ドン!!　と、大地が爆ぜる！
（――動け、俺の足!!）
ダン、ダン、ダン、ダン!!
一歩、
一歩、
また、一歩!!
（もっと速く!!）
ブシュ――！
（ぐ！　傷が――）
くそ！
血が噴き出す！

「ぐぁあ!!」

足の感覚がもうない!!

頭が激痛でどうにかなりそうだ――……!

だけど、

(もっと速く!!)

それでも、届かない。

まだ届かない――。

あと少しでリズの手に届くのに……!

(もっと疾く!!)

ああああああああああああああ、足りない!!

足りない……。

足りない……!

速度が……敏捷が足りないんだよぉぉぉおお!!

「走れ! いつものように! 俺の脚ぃぃ!!」

この時ほど速く走りたいと願ったことはない。

痛みは我慢できる。

だけど、速度が………敏捷が足りないッッッ!!

あれほど馬鹿にされ、パシリのために敏捷ばかり上げさせられて、このステータスを呪っていたというのに――。

「だったらぁぁあ!!」

グエンはステータス画面を呼び出し、貯め込んでいたステータスポイントを敏捷にガンガン叩き込んでいく。

『残ステータスポイント＋９８０』

全部だ！

全部だ!!

全部叩き込んでやるッッ!!

＋『敏捷』

＋『敏捷』

＋『敏捷』

がががががががががががが!!

物凄い勢いでステータス画面を連打し、ステータスポイントを振っていく――。

当然、敏捷に極振りだ!!

４３８５が、４７８８に!!

４７８８が、４９９８に!!

まだだ!!

まだだ!!

まだ足りない!!

「グ、エン……」

「今行くッ！」

残りのステータスポイントがガンガン減り続けるも、グエンは気にしない。

今この瞬間、少しでも速くありたいから、気にしないッッ!!

あれ程嫌がっていた敏捷（パシリ）特化のための『敏捷』へさらに、さらに、さらに極振りしていく。

だって、まだ走れる!!

まだ間に合うッッ!!

早く！　早く上昇しろッ!!

『残ステータスポイント＋１６５』

がががががががががががががががが!!

４９９８が、４９９９に――!!

それでも、届かない！

あと、あと数歩が届かない――!!

もう少し、もう少し!!

「もう少しッッ」

届け！　届け！　と――。

リズの手を摑（つか）んで、化け物（ニャロウ・カンソー）から救い……！

——二人でこの場所から離れるんだと!!

「リぃいぃズ!!」

だから、まだだ!!

まだ、足りない!!

「もっとだぁぁぁぁあああああ!!!」

がががががががががががが!!

４９９９が５０００に!!

——カチッ……。

死力を尽くして『敏捷』を上昇させようとしていたグエン。

まさにその時、

「…………え？」

その瞬間。突如として、周囲の音が消える。

まるで、聴覚を突然失ったかのように……。

「——な、なにが……」（な、なにが……）

まるで、音が……。

「——遅れて」（遅れて）

……聞こえて（聞こえて）

……………来るよ（来るよ）

カッ――――!!

その瞬間、グエンの姿が掻(か)き消える。

「なにッ!?」

リズに向かって懸命に動かしていた足が突然羽のように軽くなり、空気がゼリーのようにドロリと固まる。

(なん、だ――これ……!?)

　実　績　解　除(アーカイブメントコンセレーション)――!!

は?

し、新称号付与(ふよ)――――!!

　新称号(ニュータイトル)、獲得しました(コングラッチュレーション)ツッ――――!!

――――ピカッ!!

『ステータス敏捷が5000を突破』

『新しい称号を獲得しました』

称号「パシリ」⇓「音　速(スピードオブサウンド)」

名　前:グエン・タック

職　業:斥候(せっこう)

称　号:パシリ↓音速(NEW!!)

（条件：敏捷５０００を突破し、さらに速度を求める）
恩　恵：音速は、音の速度
（アナタは音の速度を超えました）
※敏捷ステータス×35
※音速時の対物理防御無限
※音速時は、攻撃力＝１／２×筋力×敏捷の２乗
体　力：２６７２
筋　力：９３４
防御力：９５０
魔　力：５６９
敏　捷：５００１
抵抗力：８４２
残ステータスポイント「＋３６４」
スキル：スロット１「韋駄天（いだてん）」
　　　　スロット２「飛脚（ひきゃく）」
　　　　スロット３「健脚」
　　　　スロット４「ド根性」
　　　　スロット５「ポーターの心得（こころえ）」

スロット6「シェルパの鏡」

「…………は？」

――おん、そく？

第12話「すいません、音を超えちゃいました！」

「お、音速…………？」

妙な称号を得た瞬間、突如としてグエンの速度が爆発的に上昇した。

「うぉ⁉」

ズドォォオオオオオオオオオオン!!

気づけば背後に爆発のような痕跡。

それは、ソニックブーム!!

触れたものをバラバラに切り裂く音の壁だ!!!

リズが死ぬ、その一瞬先……。

グエンが駆け抜けたその刹那の先には――。

「グエン……？」

「り、リズ……？」

あ、あれ⁇

気がつけば、グエンの腕にはリズの柔らかな体が……──えええ？

「え？　お、俺いつの間に……？」

「え、え、え⁇　な、なにが……？　今、何をしたの──グエ…………ッ⁉」

茫然としているのはリズも同じだ。

グエンに抱えられながら目をぱちくり。しかし、突如目を大きく見開くと──……。

「グエン、上ぇぇぇぇ!!」

へ？

自分でも何が起きたのか把握していないグエン。

だが、リズの声に思わず真上を見上げると──。

《ギシャアアアアア!!》

怒り狂ったニャロウ・カンソーの毒牙が！

「く…………」

反射的にバックステップ。

だが、その瞬間ッ！

再び、ドカァァアアアン!!

まるで、空気が爆発したような音が響く。

同時に、視界がぶれて一瞬にして、ニャロウ・カンソーから遠ざかったグエン。
「な、なに!?」
「グエン!? す、凄い速度……」
え?
俺の速度……なのか?
わけもわからぬうちに速度が上昇したグエン。
心当たりはといえば――……新称号『音速』
ブゥン……。
称　号：パシリ↓音速（ＮＥＷ!!）
(条件：敏捷５０００を突破し、さらに速度を求める)
恩　恵：音速は、音の速度
(アナタは音の速度を超えました)
※敏捷ステータス×35
※音速時の対物理防御無限
※音速時は、攻撃力＝１／２×筋力×敏捷の２乗
「な、なん、だ――これ……!?」

『敏捷ステータス×35』!?

『音速時の対物理防御無限』!?

おまけに、『音速時は、攻撃力＝１／２×筋力×敏捷の2乗』だとぉ!?

ど、どどどど、どんだけ、いかれてんだよ……この称号は!!

無我夢中であったとはいえ、何かがきっかけで新称号を得たグエン。

そのおかげで辛くもピンチを切り抜けることができた。

だが、まだだ――。

少し先では、ニャロウ・カンソーが驚いたような咆哮をあげているが、もはや手を出せない距離だ。とはいえ……。

「た、助かったの……アタシたち？」

ようやく周囲を見る余裕ができたリズがキョロキョロと。

そして、今更ながらグエンに抱えられている事実に気づくと、

「あ…………………」

ボッと顔を赤くして慌てて地面に降りる。

「ありがと」

そっけなく礼を言うもプイっとそっぽを向く。

…………うん。君エルフだよね？　俺より年上ちゃうんかいぃぃ??

なに、そのウブな反応。

「そ、それより。今のうちに逃げましょ！」

「だ、だな……！」

――そ、そうだった！

距離を取ることはできたが、未だここはニャロウ・カンソーの支配領域。

奴も未だ目に見える位置――――！

《ギャオオオオオオオオオオオオ！》

「うお！　めっちゃ怒ってる⁉」

ズンズンズンズンズンズン!!

「く……！　逃げるわよ、グエン――」

リズが駆けだそうとするが、途端にガクリと膝をつく。

よく見れば、彼女の顔色は真っ青だ。

「リズ？」

「だ、大丈夫……ちょっと、毒を吸っただけ」

ッ！　そ、そりゃそうか……。

あれだけニャロウ・カンソーの傍にいたんだ。

毒をもらわないほうが不思議だ。

「は、走れる？」

無理だとわかりつつも、

「すぐには……無理――」

カハッ……！

リズが吐血し、地面に鮮血が散る。

猛毒の申し子、ニャロウ・カンソーの毒だ。

無事なはずがない！

「すまん、アンチポイズンは品切れだ」

気休めにしかならないとは知りつつ、リズに市販のポーションを渡す。

グエンが持ち出した残りのポーションだ。

「大丈夫……。それはグエンが使って。こう見えて、毒には耐性がある、の」

ゲホッ！　と、吐血しながら、全く説得力のないセリフを吐くリズ。

だが、確かに吐血量は少なくなっているところを見るに、嘘ではないのだろう。さすがは暗殺者ということろか。

それでも――。

「わかってる……。アタシを連れて長距離は無理よ、ね」

「すまん……」

リズはチラリとグエンの傷を見る。

未だドクドクと流れる血。

それを知っていた彼女は、すでに決意を秘めていた。

先ほど、少女のごとく泣きじゃくってしまったのを恥じているようだ。

「リズ……!?」

「いいの……！　行って！　二人とも死ぬことない――それよりも、アイツ等のことを」

ギリリと、歯ぎしりするリズ。

その間にもニャロウ・カンソーは迫りくる。

……リズの言わんとしていることはよくわかった。

身を挺して時間を稼いでくれるつもりなのだ。

たしかに一人なら……。

一人だけなら、
今のグエンの敏捷ならば、足を引きずりながらでもなんとか逃げることができる。

――それでも！

「駄目だ!!」

もう見捨てない！　絶対に見捨てないッ！

俺はアイツらとは違うッッッ！

「やってやるさ……」

そのための新称号だっ！

「――で、できるの!?　その足で!!」

だがリズの考えは違った。

彼女はグエンの胸倉を掴んで引き寄せると、

「本当にできるの!?……アタシを抱えて、走って――あのニャロウ・カンソーから逃げられると!?　ねぇ、グエン!!」

「ぐ……」

ほんの少し引き寄せられただけで、グエンの足がひどく痛んだ。

どうやら、アンバスに刺された傷は筋肉を傷つけているらしい。それは、先ほどの無茶さらに悪化していた。

「できないでしょうが!!　だから――」

ドンッ！　とグエンを突き放すと、ポーションの口を切ってグエンに押しつけた。

「だから……。グエンが伝えて――アイツ等の所業を！」

そう言い切ると、チャキン！　とクナイを両手に構える。

すでにリズの目は覚悟に満ちていた。

自分が犠牲になって、グエンを逃がす。

そして、マナックたちに断罪を――！

「行って!!　早く!!　アタシの決意が鈍らないうちに――……行って!!」

ズンズンズンズンズン!!

《ギャオオオオオオオオオン！》

明らかに本気を出したニャロウ・カンソーは先ほどの比ではない速度だ。

うっすらと発光していることから、何らかの補助魔法を使った可能性もある。

その異様さに、リズが震えている。

気丈に立ち向かう姿を見せても――……！

暗殺者の気質をもってしても――……。

誇り高き孤高の戦士の覚悟があっても……。

そう。たとえ長命のエルフ族といえども、死の恐怖には抗えないッ！

それでも、

「行って――二人とも死ぬことはないんだからッ」

ガタガタと震える足をグエンに隠すように一歩、また一歩と自らニャロウ・カンソーへと向かうリズ。

「リズ……」

ならば？

ならば、グエンは…………？

グエンはどうする!?

第13話「ソニック！　それでも届かぬ!!（前編）」

「俺の……」

グエンは思う。

「俺の足が……」

そう、この足のケガが治れば、もしかすると逃げ切れるかもしれない。

「俺の足さえ……──」

いや、さっき口にしたポーションのおかげで僅かながらもケガは回復している。

ちんけなポーションでも、リズに飲まされたそれが体を癒やしてくれた。

たとえ、僅かであっても──。

ならば、いま必要なのは負傷した体で駆け抜けるだけの速度。

高速の逃げ足だ。

「──俺の足がもっと速ければ……！」

「な、なに言ってるの？　いいから、早く行って！　もうこれ以上──……」

ニャロウ・カンソーはもう目前だ。

このままとどまれば、グエンもリズとともに、奴のターゲットになる。

新称号の『音速』を生かせば、この足でもいくらかは奴を圧倒できるかもしれない。

それほどに『音速』の称号はずば抜けている。

……………だが、それだけだ。

敏捷が人のそれを優に上回っても、所詮は音の速度。

ＳＳランクパーティを蹴散らしたニャロウ・カンソーに通用するはずもない。

だけど――。

《ギェェエエエエエエエエ！》

ニャロウ・カンソーがついに追いつく。

そして、迷わずリズにターゲットを定めると、両手の武器を叩きつけてくる。

「くっ！」

先ほどのおびえた様子はどこへやら。

勇気を振り絞ったリズが、体調の悪化を押して跳躍し、その攻撃を躱す。

そして、巨体に似合わず素早い連撃を繰り出すニャロウ・カンソーと幾度となく、刃を交え、逸らしつつ、危うい戦闘を続けるリズ。

「グエン、これ以上支えきれない！」

ギィン!!

強烈な一撃を受け止め、衝撃をバックステップで逃がすも、リズは荒い息とともにグエンの傍に着地する。

すでに、肩で息をしており、

幾分マシになったと見えた体調はまた悪化していた。

激しい動きで毒の回りが早まったのかもしれない。

「リズ――」

「グエン、いい加減に、し──て………」ってッ!?

リズが驚きに目を見開く。

なぜなら、グエンのバカげた行動を目にしたからだ。

この状況、この場所でそれを取り出すグエンに、目を大きく見開く!!

「そ、それは!!」

だけど──!!

「いくら、音速のそれがあろうとも……」

「音、速……?」

リズの疑問に答えるでもなく、グエンはひとりごちる。

「…………敏捷が５０００×35ぽっちじゃ、渡り合えない……！　だけど、」

そう。

だけど──!!

「俺は敏捷に賭(か)けるッッ」

そうとも。

音速の称号は攻撃力をも飛躍(ひやく)的に上昇せしめる。

なら、もしも、敏捷が今以上なら?

奴の知覚を上回る速度で翻弄(ほんろう)し、
音速の攻撃力を乗せたグエンと、

満身創痍ながらも腕利きのリズが連携すれば、もしかして一矢報いることができるかもしれない。

そうとも。

一度はニャロウ・カンソーに知覚させずにリズを取り返した。

ならば、さっきのように、音速の壁を破れば、あるいはッッ!!

「――俺は、『敏捷』に賭けるッッ」

ステータス画面起動。

……音速の称号は敏捷を35倍に増加させる。

それはつまり、敏捷が１００上昇しただけで、３５００という途方もない敏捷の恩恵をグエンに与えるのだ。

ならば?

……ならば、すべてのステータスを敏捷に注ぎこめばどうなる?

「――ならば俺は、音すら超えてみせるッ!」

グエンは懐に手を突っ込むと、あるものを取り出していた……。

「グエン!?」

マナックに押しつけられ、飲めと強要されたあの悪臭漂う丸薬――『再振りの丸薬』という呪いの産物を!!

「グエン！　やめて――」

リズがグエンに手を伸ばし、それを止めようとする。

その無謀(むぼう)な賭けを――……！

「いくら敏捷が高くても、速度だけで勝てる相手じゃないわよ――――！」

リズの叫びが響く中、グエンは意を決して、

「やってみなきゃわかんねぇだろうが――――!!」

ここでリズを見捨てておめおめ一人で逃げ帰る？

そして、マナックたちを断罪してハッピーエンド??

は!!!

「そんなのはクソくらえだ!!」

俺の敏捷特化を舐(な)めんじゃね――――!!

パシリ上等！

だったら、
俺の速度は音速を超えるッッッ!!

「他のステ――――タスなんざいるかぁぁぁぁぁぁあ！」

…………ゴクリ。

第13話「ソニック！　それでも届かぬ!!（後編）」

ごくり………。

喉を嚥下していく丸薬。

苦いような、生臭いような――。

「ぐぶッ！」

胃からせり上がる吐き気にグエンが口元を押さえる。だが、なかなか吐き気は止まらず……。

そして、件の効果は一瞬にして現れたッ。

――ブフッ……！

いきなり口から吹き出す鮮血。

それがツツーと口の端から垂れたかと思うと……。

ガクン……。

「グエン!!」

リズの悲鳴に答えることもできずに、ガクリと膝をつく。

「げほっ……！」

一際大きな血の塊を吐いたグエンは、びく。

びくびくびくびくびく――――!!

「か、はっ……」

猛烈な悪寒ッ!!

そして、

「……うげぇぇぇぇぇえええええ!!」

次いで、ビチャビチャと口から零れる胃液ッ!!

「あ……が……」

「グエン!!!」

リズの気遣う言葉に返すこともできずに、うずくまると、そのあとには猛烈な筋肉痛が全身を襲う!!

――ぐああああああああああああ!!

声にならない絶叫のもと、グエンは頭を押さえて転げ回る。

その激痛と悪寒のなかで思うのは、ただ一つ――。

(こ、こんなものを俺に飲ませようとしていたのか――?)

――マナック!!

「あの野郎……!」

改めて、マナックの仕打ちを思い出し身体が怒りに震える。

そのまま、全身の猛烈な痛みとともに高熱に見舞われたかと思うと、「あぐ……っ!」と、節操なく襲いくる体の異変。

身構える間もなく、次は一瞬にして体が冷え込み、強烈な虚脱感に包まれるグエン。

だが――………。

「なにか、くる………」

朦朧とした意識のなか、頭の中が整頓されていくような奇妙な気配。

それは、まるで…………。

……カッ――――!!

突如、グエンの全身が光に包まれたかと思うと、一気に倦怠感が襲う。

そして、

ブゥン……。

名　前：グエン・タック
職　業：斥候
称　号：パシリ↓音速（NEW!!）
（条件：敏捷5000を突破し、さらに速度を求める）
恩　恵：音速は、音の速度
（アナタは音の速度を超えました）

※敏捷ステータス×35
※音速時の対物理防御無限
※音速時は、攻撃力＝1／2×筋力×敏捷の2乗
体　力：32（DOWN！）
筋　力：14（DOWN！）
防御力：20（DOWN！）
魔　力：29（DOWN！）
敏　捷：91（DOWN！）
抵抗力：12（DOWN！）
残ステータスポイント「＋10020（NEW!!）」
（※『再振り(さいふ)の丸薬』の影響により、ステータスポイントが11134より1割減少します）
スキル：スロット1「韋駄天(いだてん)」
　　　スロット2「飛脚(ひきゃく)」
　　　スロット3「健脚」
　　　スロット4「ド根性」
　　　スロット5「ポーターの心得(こころえ)」
　　　スロット6「シェルパの鏡」

うぐ……。

「――げふッ……………」

自分でもドン引きするくらいの血を吐くグエン。パタタッと血が飛び跳ね、ドロリとした血の塊が地面に水たまりを作る……。

へ。

へへへ――――。

「へはははははははははは!!」

血だまりに映る自分の顔を見て、

そして、ステータス画面を見て……。

ニチャア……と、凄惨な笑みを浮かべるグエンは、

……きた、きたぞ!!

来たぞぉォおおお!!

「グエン！　馬鹿な真似をして……！　もう、アンタも逃げられないじゃない!!」

は??

逃げる？

……………一人で、俺が??

はっ!!

（…………そんなこと考えたこともねぇよ！）

リズが危うい一撃を躱して、グエンのもとで膝をつく。

それを見たニャロウ・カンソーが追いつめたと思ったのか、凶悪な笑みを浮かべて槍を地面に突き立てると、空いた手でリズを掴み取る!!

「が! は、は放せッ」

《ウジャアアア!!》

リズの苦悶の顔を嘲笑うかのように、いっそう力を込めるニャロウ・カンソー。

リズの小さな体をギリギリと握りしめる。

「く、くはぁ――――……!」

至近距離で毒を食らい吐血するリズ。

いくら耐性があっても、あれは苦しいだろう。

さらに体を締めつけられ、骨が軋む音がする――。

「て、てめぇぇ……」

べっ!! と、血反吐を吐くと、グエンはユラリと立ち上がる。

そして、『音速』の突撃をぶちかましてやるとばかりに、傷だらけの体に力を籠めるッ!

速度を乗せた一撃を食らわせれば奴だってただでは済まないだろうと――。

「にげ……て。グ」

ブフッ……! とリズが血を噴き出したのを見て、グエンの怒りが頂点に達した。

「リズっっ!!」

………させるか。

させるか。

されるか、させるか、させるか、させるか!!

——さ・せ・る・かぁぁっぁあああああ
「…………汚ねぇ手でリズに触ってんじゃねぇよ!!」

ぶっ殺してやるぁぁあッッ!!

「死ねッッ！　トカゲ野郎!!　今から、俺の全ステータスポイントを敏捷にぃぃいいいいい!!」

第14話「ソニック！　限界を超えろッ！（前編）」

「俺の全ステータスポイントを『敏捷（びんしょう）』に!!」

1万ポイントもあれば十分だッ！

敏捷×35の音速アタックを見せてやるっっっ!!

「いくぞぉ！」

バリィ!!　と奥歯を噛（か）み砕（くだ）いたグエン。

その様子を嘲笑（あざわら）うニャロウ・カンソー!!

《ウジャァァアアアアア!!》

「おらぁぁあ!!」

ブゥン……。

ステータス画面を呼び出したグエンは大きく息を吸い込んで——……。

カッ！　と目を見開いたっっ！

ステータス——極振り（ごくふ）だッ！

「————うおぉおおおおおおおおおおおおおお!!」

敏捷「＋」

そのボタンをぉっぉぉおおおおお!!

「らぁぁあああああああああああ!!」

——がっがががががががががががっがが!!

敏捷91

「＋」

敏捷92

「＋＋＋＋」

敏捷92、94、99〜↓183

「＋」「＋」「＋」「＋」「＋」「＋」

敏捷183↓377↓1205↓1988

「おぉぉぉおおおおおおおおおおお!!」

１９８８から、２０１９へ！

２０１９から、２７７６へ!!

ががががががががががががががががが!!

敏捷２７７６

＋＋＋

＋＋＋＋——!!

敏捷２９９９、３４４４、４０２１、４８７４、５５５５、５９９１、６０００、

『音速』のスピードでステータスを上昇させていくグエン。

グエンの指が音の世界で躍る！

それは、刹那の世界で起こるグエンの一世一代の無茶だった！

（無茶でもなんでもやってやる！）

無茶も、無茶も、無茶苦茶だ!!!

「うがあああああああああああああああああああああ!!」

ががががががががががががががががが!!

高速でジャキジャキと上昇していくステータス!!

「＋」「＋」「＋」「＋」!!!

６０００から、６５４４!!

６５４４から、７２０１へ!!

ががががががががががががががっが！

敏捷「＋」

敏捷「＋＋＋＋＋＋」

敏捷、敏捷、敏捷「＋」!!

敏捷敏捷敏捷敏捷敏捷敏捷敏捷敏捷敏捷敏捷敏捷敏捷敏捷敏捷敏捷敏捷敏捷敏捷!!

７２０１から、７９２６へ!!

７９２６から、８４５８へ!!!

ドカ――――――ン！

グエンの指の動きがソニックブームを巻き起こす!!

ステータス画面が揺れに揺れて、数字が高速回転する！

「まだまだぁぁぁぁぁああ!!」

ががががががががががががががががががが!!

８４５８から、９９９８へ!!!

敏捷、敏捷、敏捷、敏捷「＋」!!!

敏捷敏捷敏捷敏捷敏捷敏捷敏捷敏捷敏捷敏捷敏捷敏捷敏捷敏捷敏捷敏捷敏捷敏捷!!

「うぉぉおおおおおおお、ぶっちぎれぇぇぇええええ!!」

「+」
敏捷

９９９８から、９９９９へ!!!

９９９９から、９９９９へ!!!

９９９９から、９９９９へ！

９９９９!!

９９９９!!

《ギャォオオオオオオオオオ!!》

ニャロウ・カンソーが微動だにしなくなったグエンを嘲笑う。

女が欲しけりゃ、戦ってみせろと――――。

だからわかる！

奴は経験上、今のグエンであっても相手にならないと嘲笑っている。

そう、笑っている。

手の中でリズを握り潰さんとしつつも、弄び、グエンを嘲笑う。

「グエン……にげ、」

そんな中でもリズはグエンを庇おうとする。

自分を置いて逃げろと――――！

「ざけんなッ」

助ける！

救う！

俺の手で!!

「――コイツをぶん殴ってでも!!」

ミリミリと拳(こぶし)に力を籠(こ)めるグエン。

だが、それは未(いま)だ奴には届かぬ拳(けん)。

音速とそれを乗せた攻撃力をもってしてもニャロウ・カンソーの鱗(うろこ)は突き破れないとグエンも理解してしまうッ!

(くそ、まだ届かないのか……!? どんだけの化け物なんだよ、アイツはぁぁぁぁあ!! くそぉおおおお――ああああああ、まだ足りないッ)

「足りねぇ!!」

敏捷、敏捷!!

「+」「+」「+」

9999!

9999!

9999! 9999! 9999!!

……おい、9999がどうした!!

これじゃ足りねぇ!!!

全然足りねぇぇぇぇええええ!!

あのトカゲ野郎を倒すには、全然足りねぇぇぇえええええええんだよぉぉおお!!

その先へ、刹那の先を越え、一ミリ、一ミクロン先でもいいから、9999を越えろ！

俺を本当に音速の先へ！

音を超えてその先へと!!!

音壁（ソニックブーム）を破って――！

9999!!

その先へ――――!!

ブブー！

『ステータスの上限に達しました』

ブブー！

ブブー！

うるせぇっぇえええ!!

敏捷「+」「+」「+」!!

がががががががががががががががががが!!

足りない足りない足りない足りない足りない足りない!!　これじゃ、全然足りねぇぇぇえんだよぉぉぉおおお!!

ブブー!!

ブブー!!

『ステータスの上限に達しました』

ステータス画面から幾度となくエラー音が流れて、グエンを不快にさせる。
だが、知るか!!
グエンは警告音を無視して、さらにさらに「＋」を叩き続ける。
まだだ。
まだ限界を超えていないッ!!
俺の、ステ────タスポイントは余っているッッ!!
だから、
「──さっさと、上昇しろぉぉぉおおぉおおおおおお!!」
ブブブブ──
『ステ────タスの上限に達しました!!!』
「やかましぃぃいいいいいい!!」
ブブー!　ブブー!
ブブーブブーブブーブブーブブー!!
ブ────────────────────!
「まだ残りポイントがあるだろうがぁぁあああ!!」
『ステ────タスの上限に達した、っってんだろ────がぁぁ!!!』

第14話「ソニック！　限界を超えろッ！（後編）」

警鐘を鳴らし続けるステータス画面に、

「やかましぃぁあああああ!!」

と、絶叫を返すグエン。

もし、敏捷を上げることで、少しでもニャロウ・カンソーを倒す可能性があれば、と。

その一点にだけ集中する。

「無理、よ……。逃げて。グエン!!」

わざと力を緩めたりして、拘束した獲物を弄ぶニャロウ・カンソー。

ミリミリとリズの骨が軋む音を聞きながらグエンは歯嚙みする。

一刻も早く彼女を救出したい！

——だけど!!!

だが、悲しいかな。

グエンの攻撃力は低すぎて、未だニャロウ・カンソーの鱗の装甲を貫くに至らないことだけはわかる！

だから、グエンはその先に行くしかないのだ。

なんとしてでも、その邪悪な顔に一撃を食らわしてリズを救う！　と、グエンはステータス画面の敏捷「＋」を叩き続けた。

「一撃が限界だ……」

グエンは失血とケガからくる体調不良に目を眩ませながらも、体に力を籠める。

すでに、立っているのもやっと。

幸い、アンチポイズンの効果が持続しているため、毒に冒されないことだけが救いではあったが、そんなものは気休め程度のことだろう。

そして、グエンに放てるのは一撃が限界だった！　だから、確実に仕留められるとわかるまで、９９９９をさらに、さらに上書きする。

今のままでは、せいぜい奴に大ダメージを与える程度。

それでくたばる化け物ではないのは明白。

(頼む！　俺に力をくれッ)

パシリ生活でグエンを助けてくれた敏捷のステータス。

その恩恵に感謝しつつも、さらに上を目指したい！

でも——動かない!!

動かない!!

動かない!!!!!!

「があぁああああああああああああ!!」

動けぇぇぇぇぇ!!!

残りステータスを叩き込んで、ニャロウ・カンソーにぶちかましてやるんだよぉぉおお!!

「おらぁぁぁああああああ!!」

敏捷敏捷敏捷敏捷敏捷敏捷敏捷敏捷敏捷敏捷敏捷敏捷敏捷!!

「+」「+」「+」「+」「+」「+」「+」「+」「+」「+」

音速で連打し続けるグエン!

いくら敏捷が999でも、

音速の称号を手に入れても、

いくら早く、

速く、

疾く

はやくなってもぉぉぉおお!!

今、

そう、今!!

――今、この瞬間!

ここでリズを救えなければ、

「――何の意味もないッッッ!!」

だから、
「越えろッ」
超えろッ!!
最速を越えろッッ!!
音を超えて、その先へ!!
音速の先の、その先の先の世界へ————!!
敏捷9999の先へと、
残るステータスポイントとともに、その先に至れと——!
「うおおおおおおおおおおおおおおおおおお」
『ステ——タスの上げ、げげげんんn……』
ピシリッと、何かが歪む音。
ニャロウ・カンソーが嘲笑い、
「がはッ………ぐ、えン——」
リズが死ぬ、その一瞬先……。
グエンが「限界を超えたい」と願ったその刹那の先……。
ピシッ、ピシピシ——……。
ステータス画面がひび割れていき、その姿が変わらんとする!
亜音速を、

音速を超越し――――!!
そして、超音速を!!
いや、足りない。
音じゃ、足りないッ。
だから、音よりも速く――……!
早く、
速く、
疾くッッ!
「――音をぉぉぉぉぉおおおおおおおおおお!!」
動かないはずがないと、確信と妄信に似た思いでステータス画面を叩き続けるグエン。
9999の先へと、残るステータスポイントとともにその先に至れと――!!
超えろぉぉぉぉおおおおおおおおおお!!
「……ぉぉぉおおおおおおおおおおおおお!!」
がががががががががががががががが!!
がががががががががががががががッッ!!
『ステー……、ステ――。ス………………
がががががががががががががががッッ!!
カッ――――――!!!

ステータス画面が一層輝き、何かが……。

ピシ…………パリ――――――ン。

――砕けるッッ!!

「な、なに!?」

まるで、何かを固定していたようなくびきが弾ける音とともに、ステータス画面がグルリと回転した。

そして、

「ぐぁ!!」

バチリッ！　とステータス画面に紫電が迸り、感電したようにグエンの指が一瞬、弾かれる。

そして、クルクルとステータス画面が高速回転したかと思うと……。

チカチカチカ……！　と、ステータス画面の「称号」の項目が点滅した。

「こ、この現象は……」

さっきと同じ、新称号が付与される予兆!?

「ま、また――……!?」

またなのか!?

困惑するグエンをよそに、
瞬く、ステータス画面ッッ！

『ス、スススス、ステータス……敏捷９９９９確認。さらなる上昇の意志確認』

『総走行距離――約1万km。瞬間速度、約350m/s――音速の超越を確認』

実績解除(アーカイブメントコンセレーション)――!!

ッッッ――――!!

新称号付与――!!

薄れゆく意識の中で、光り輝くステータス画面ッッ!

新称号(ニュータイトル)、獲得しました(コングラッチュレーション)ッッ――!!

称号「音速(スピードオブサウンド)」⇩

「俺の…………速度は――」

ゲフッ……。

新称号を確かめるその瞬間。

失血と激痛と『再振り(さいふ)の丸薬(がんやく)』の影響でグエンの視界が濁(にご)る。

そして意識も――……。

「させ、るか……」

意識を手放す前に、グエンは一歩踏み出すことにする。

最初で、最後になる、敏捷極振り(ごくふ)後の『音速』の攻撃ッッ!!

音速時の対物理防御無限で、

『攻撃力=1/2×筋力×敏捷の2乗』のそれをブチかましてやるのだッッ!!

うおおおおおおおおおおおお!!!!!!

（どうせ、やられるなら。せめて最後に一矢（いっし）――）

ダンッッ!!

地面を蹴（け）り――リズの手を摑（つか）んで引き寄せると、突き出してきた巨大な槍（やり）ごとニャロウ・カンソーを――――。

こなくそ!!!

「ちっくしょお――――――――――――――――!!」

⇓新称号「……………速（スピード・オブ）――（NEW……）」

「俺のパンチは――――……………」

ドカァァァアアアアアアアアアアアアアアアアアアアアン!!!

すさまじい爆発音とともに、グエンは意識を失った…………。

第15話「すいません、ここ……どこですか？」

ヒュウウウ……………………――――。

熱い風が肌（はだ）を刺している。

顔に照りつける日差しもきつく、まるでオーブンの中にでもいるかのようだ。

そんな感じの空気を吸いながら、グエンの意識は徐々に覚醒していった。

「ぐ…………」

それでも体を貫く気怠さは、刻一刻とグエンのやる気を削いでいく。

暑くて、喉が渇いて、肌が痛い。

だけど、
いっそ目を開けることなくこのまま泥のように眠ってしまいたいと――。

「……エン」

だが、魅力的な睡眠へのいざないを妨害する声が耳元で響く。

それに合わせてユサユサと揺さぶられ、とてもじゃないが眠りにつける環境ではない。

（もう、ほっといてくれよ……）

「――グエン!!」

バシリ！　と頬を張られて、ようやく目を開けるグエン。

「ふぅわッッ!?」

その瞬間一気に意識が覚醒し、眠りへの欲求が霧散する。

「ぐ、グエン！　よ、よかった――……」

半身を起こしたグエンの目の前にはポロポロと涙を零す、褐色肌の美少女の姿…………

あ、リズ？

「え、あ、り、リズ？　え？　あれ？」

グエンの肩に手を置き、ユサユサと揺さぶっていたリズが、そのままグエンの胸に飛び込み顔を埋めてワンワンと泣く。

「へ？　…………え？　あれ？　な、なにが起こった？　いや、起こってるの⁇」

「グエンンン……よかった～」

エグ、エグッ！　としゃくりあげる彼女の姿は年相応の少女のようにも見えたが、こう見えて彼女はダークエルフ。

グエンよりも年上だ。

そんな女性に抱きつかれて泣かれるのも外聞(がいぶん)が悪いので、申し訳なく思いつつも彼女を引き剝(は)がすと、周囲を見渡すグエン。

そして、呆気(あっけ)に取られて口を開いた――。

そりゃもう、間抜(まぬ)けにもパッカー……と。

だって…………。

「ど、どこ？　ここ……⁉」

グエンの周囲に広がる光景は一面の砂漠。

砂漠、砂漠、砂漠。

砂漠砂漠、砂漠に時々砂丘の光景であった。

※　※

「な、なにがあったんだ？　なぁ、おいリズ！」

グエンは痛みに軋む体を起こしながら、あたりを見回す。

そこに広がる光景は、魔族の支配地域の湿地帯とは到底似ても似つかぬ光景だった。

「ぐ、グエン。覚えてないの？」

そう言って砂を払いながら立ち上がったリズ。

「覚えてないって…………たしか、」

グエンとリズはニャロウ・カンソーに――。

「ッ!!　ま、まさか、俺たち死んだのか？」

「ち、違うわよ！　たぶん、違う、はず。っていうか本当に覚えてないの⁉」

覚えてないの、って言われてもな。

思い出せるのは、ニャロウ・カンソーに渾身の一撃を見舞おうとしたあの瞬間のみ。

二人ともやられる直前で……。

グエンたちは満身創痍だった。

実際、リズも相当にボロボロの有様だが、体には致命的な傷はないように見える。

でも、あの時、確かに――ニャロウ・カンソーに…………。

ッ！

「リズ!!」

思わず、リズに飛びかかり、彼女を押し倒したグエン。

「な？　ちょ!?」

そして、彼女の服を――――……。

「やめんかッ!!」

バッチ――――――ン!!

「はぶぁぁあああ……！」

存外強烈な一撃を食らったグエンはギュルギュルと回転しながら吹っ飛び、少し離れた場所に顔面から突っ込む。

「ちょ！　何すんのよいきなり盛って……って、グエン!?」

ピクピクと痙攣するグエンに驚き、慌てて体を砂から引っこ抜くリズ。

「ご、ごめん！　そんなに強くしてないんだけど……」

「ゲフッ……。死ぬかと思ったぜ、今の一撃は」

「ご、ゴメンって。だって急に服を――」

ポッと顔を赤く染めるリズ。

「いや、なんで顔を赤くしてるんだよ！　俺はただ、リズのケガが心配になって――」

「へ？　け、ケガ？　ケガって……ううん、どこも何ともないよ？　打ち身と肋骨のヒビくらいかな――ほとんどがグエンのせいだけど」

え？

「打ち身って……。でも、リズはあの時ニャロウ・カンソーに食われそうになって――」

ズキッ。

突如、痛む頭。

「え、ええ!? だ、大丈夫なの、グエン??」

心配顔でグエンの顔を覗き込むリズ。

グエンもリズが何を言っているのかわからない。

だって、あの時間違いなくニャロウ・カンソーに……。

「大丈夫なものか！　俺は……リズ、君が奴に食われたかと……！」

「ちょ、ちょっとグエン、何を言ってるのよ？　アイツはアンタが……」

と、そこで何を思ったのか、
ずずず……。

と、砂に手を突っ込んだリズ。

そして、

「――ほらぁ」

ひょいと、取り出したのは、巨大なトカゲの頭部――……ひッ！

「にゃ、ニャロウ・カンソー!?」

ズザザザ……！　と砂の上をズリズリと後ずさるグエン。

だって、目の前にニャロウ・カンソーの頭が………――あれ？

なんで首だけ……？

「し、」

死んでる………？

グエンの目の間に翳（かざ）されたその生首（なまくび）。

だけど、あの時感じた絶望的な恐怖感は全く生じない。

それもそのはず。

目の前にあるのは、デローンと舌（した）を垂（た）らしたまま目を白く濁（にご）らせたニャロウ・カンソーの生首だ。

それには一切、生気は感じられない。

つ、つまり……。

「――そりゃ死んでるわよ。……っていうか、アンタがブチ殺したんじゃないの。何を今さら、」

リズはつまらなさそうに、巨大な頭部を無造作（むぞうさ）に放り捨てると、ズシン！　と音を立て、砂に埋もれる。

「へ？　俺？…………は？」

「いや、どうしたのよ、さっきから……？　これ、アンタの手柄（てがら）でしょ。アタシもびっくりしたけど――」

リズがマジマジとグエンの顔を下から覗き込む。

そして、

「でも、ありがとう……。命がけで救ってくれて」

そう言って、ニコリと微笑む。

「あ、うん…………え？　あ、うん」

その美しい笑みに柄にもなく、ドキリとするグエン。

でも、悲しいかな——グエンさんときたら、

実はまだ、事態を１００％理解していません。

「…………はぁ。その様子だと、無意識か、無我夢中だったみたいね——」

そう言って、砂の上にストンと腰を下ろしたリズがトントンと隣を叩く。

座れという意味らしい。

「お、おう」

ややドキマギとして横に座るグエンを見て肩を竦めたリズ。

彼女は自分が知る限りのことを話してくれた。

そう。

ほんの数刻前になにがあったのかを——。

ポツリ

ポツリと。

そして、話を聞き、周囲に散らばるニャロウ・カンソーのバラバラになった死体を見て、ようやくグエンも——。

「お、思い出してきた――……」

そう、あの瞬間のことを――。

ブウゥン……。

グエンはステータス画面を呼び出すと、確認した。

その瞬間を再確認するように――……自分の身に起こった奇跡を思い出しながら。

名　前：グエン・タック
職　業：斥候(せっこう)
称　号：音速(スピード・オブ・サウンド)　↓　光(ライトニング)（ＮＥＷ!!）
（条件：敏捷(びんしょう)９９９９を突破し、さらに速度を求める）
恩　恵：光速を得る。光速は光の速度、まさに光そのもの
（アナタは光の速度を超えました）
※敏捷ステータス×３０８０００００
※光速時の対物理防御無限
※光速時は、攻撃力＝１／２×筋力×敏捷の２乗
体　力：32
筋　力：14
防御力：20
魔　力：29

敏　捷：９９９９（ＵＰ！）
抵抗力：　12
残ステータスポイント「＋５８８」（ＵＰ！）
スキル：スロット１「韋駄天（いだてん）」
　　　　スロット２「飛脚（ひきゃく）」
　　　　スロット３「健脚」
　　　　スロット４「ド根性」
　　　　スロット５「ポーターの心得（こころえ）」
　　　　スロット６「シェルパの鏡」
　　　　スロット７「未設定」
　　　　スロット８「未設定」
　　　　スロット９「未設定」
習得スキル：「音速突撃（ソニックチャージ）」（ＮＥＷ!!）
　　　　「音速衝撃波（ソニックブーム）」（ＮＥＷ!!）
　　　　「光速移動（ファストラン）」（ＮＥＷ!!）
　　　　「光速突撃（ライトニングチャージ）」（ＮＥＷ!!）

な、

な、
な――、
「なんじゃこりゃぁぁああああああ!!」

第16話「ライトニング！　これがライトニングパンチだッ」

「な、なんじゃこりゃぁぁああああああ!!」

「きゃぁ!!」

――――なんじゃこりゃぁあああああ!!

――なんじゃこりゃぁぁああああ!!

なんじゃこりゃぁああああ!!

「な、なにこれ……!?」

うわ……！

敏捷(びんしょう)の値(あたい)がやべぇ……――。

「やばいのは、グエン。アンタよッ!!」

飛び上がって驚くリズのジト目すら気にならない。

だって――……。

（なんだよ、敏捷だけが９９９９って！）

その他のステータスなんか、Ｌｖ初期のそれだぞ!?

どーりでリズの張り手一発でぶっ飛ぶわけだ。

これが、『再振（さいふ）りの丸薬（がんやく）』の影響か……。

二度と割り振りができない呪（のろ）いの薬。

（いや、それは覚悟していたこと）

それよりも………。

あれ？

なんだろ、

称号が、なんだか変な気が――。

（う、ううん？　俺ってたしか「パシリ」だったよな？　無我夢中でステータスポイントを振ってる時、なんか色々称号が目まぐるしく変わったような気がするけど――……）

パシリから音速へ

そして、

音速から――……。

「ひ、光？」

なにか、気を失う前に変な称号を見たような気がするんだけど……。

なんだったっけ？

「光、光……。ひかり――」

ステータスオープンっ！

――ブゥン……。

名　前：グエン・タック
職　業：斥候(せっこう)
称　号：音(スピード)・(オブ)速(サウンド)　↓　光(ライトニング)（ＮＥＷ!!）
（条件：敏捷９９９９を突破し、さらに速度を求める）
恩　恵：光速を得る。光速は光の速度、まさに光そのもの
（アナタは光の速度を超えました）
※敏捷ステータス×３０８００００
※光速時の対物理防御無限
※光速時は、攻撃力＝１／２×筋力×敏捷の２乗
体　力：32
筋　力：14
防御力：20
魔　力：29

敏　捷：９９９９（ＵＰ！）

抵抗力：　12
残ステータスポイント「＋５８８」（ＵＰ！）

うん、うん、うん。

敏捷９９９９！……我ながら、相変わらずゴキブリなみの素早さだな。

いやいや。むしろ、ゴキブリよりも速い自信だけはある…………。

こう～……カサカサカサカサカサ！　ってね。

それにだ。

よく見れば、残ステータスポイントも少し上がってるぞ。レベルが上がって、獲得したということか。

これは、ニャロウ・カンソーを倒した経験値の恩恵か……。

で――……。

で、だ。

う――ん⁇

うん……なんだろ。変だな？

うん…………――。

うーん……。

うんんん⁉

「……って！　あ、あああ、あれ？　やっぱり見間違いじゃない。何か、ステータスが――」

ステータス確認……………。

称号「光」。

ほう。

光…………。

「……………………………ひ（ラ）、光（ライトニング）？」

た、たしかにあの時。

ニャロウ・カンソーと相対したあの刹那（せつな）に、グエンはそれを見た……。

光の速度と書いて、「光」「速」の世界。

称号。光（ライトニング）。

……って。

「光（ライトニング）だぁぁ――!!?」

「きゃあ！　もう!!　なんなのよー!?」

妙な称号を得たのを知ってグエンは素（す）っ頓狂（とんきょう）な声をあげる。

その声にビックリして目を丸くするリズ。

心臓を押さえて――バックンバックン……！

「ど、どどどど、どうしたの？　な、なななな？　え、なに？」

「あ、ごめ――」

「え、ええ、え!?　お、襲われちゃうの!?」

「い、いや。その――……」

ひ、光？？？

称号「光」ってなんだよ!?

「いやーん。や、やばいわ……！　こんな僻地で男と二人!?」

なんか変な妄想してる残念エルフ娘と、

「えっと、な、何て言えばいいのか。その……なんだ、ブッブッブッ――」

キョドリまくりの残念オッサン。

「…………り、リズ！」

びくぅ!!

「な、なんななな、なによ!?　へ、変なこと考えてないでしょうね！」

キュッ、と自分の体を抱きしめるリズ。

周囲には何もない砂漠だ。

たしかに、
変なことを考えてもおかしくは――……って、ないないない。

そーいうのはない!!

「いや、そういうんじゃなくて――そ、そのぉ、ステータスがおかしくてさ」

「はぁ？　アンタのステータスは元からおかしいでしょ？」

うん。

おかしいけど——って、

「言い過ぎだっつの！　そうじゃなくて」


そうだ……。

これだ——!!

おかしいのは、新称号。

称号名は…………。

ひ（ラ）、

「光（ライトニング）——⁇」

なんじゃこりゃ……!?

た、たしかに見覚えはあるけど!!

そう、あの刹那の世界の中で。

（俺はこの称号を得た、あの一瞬で——……）

そうとも。

意識を失う寸前にぶちかましたあの一撃ッ！

今。いま、思い出した!!

あのとき……。

あ、あの時ぃッッ!!

※　回　想　※

《ウジャアアアアアア!!》

グエンを挑発（ちょうはつ）するニャロウ・カンソー。

その手には吐血（とけつ）してグッタリとしたリズ。

そして、対峙（たいじ）するのは満身創痍（まんしんそうい）のパシリ野郎こと、グエン！

その、ふらふらのグエンに奇跡が訪れたのはステータス画面が異常をきたしたまさにその時であった。

最後に一矢報（いっしむく）いんとして――！

「こんちくしょぉ――――――――――――――――――!!」

実　績　解　除（アーカイブメントコンセレーション）――!!

カッッツ――――――――――!!

新称号付与（ふよ）――!!

称号「音　速（スピードオブサウンド）」⇒「光（ライトニング）」（NEW!!）

「な、に――!?」

なんだよ、

何が起こった？

今、何が起こったんだ!?

「なんだ、この称号は……！　なんで今!?」

ひ(ラ)、光(ライトニング)だと――…………!?

だったら、

　だったら！

　　だったらぁぁあ!!

　　「俺のパンチは――――……」

グエンが新たな称号を得た瞬間。

目の前の景色がグニャリと歪(ゆが)む。

「――光を超える!!」

グエンが踏み込んだのと同時にグニャリと歪む。

今まさに、ニャロウ・カンソーに食い破られんとしていたリズの姿もブレて……。

そして、ニャロウ・カンソーの姿もブレて……。

景色が……、

　遅れて……、

　　見えて……、

　　　くるよ――。

ブワッッッ!!

一瞬にしてグエンの視界が闇（やみ）に閉ざされる。

それは可視光を置き去りにした光の世界！

そう。グエンパンチが！

光速のパンチが!!

光が、運動エネルギーを攻撃力に変える!!

それは音速の比などではないっっっっ!!

その瞬間、グエンの攻撃力は――攻撃力＝１／２×14×敏捷（9999×308000000）の２乗。

……つまり、無限を超越した「何か」だ。

――うおおおおおおおおおおッ!!!

当然、

《ギシャァァアアアアアアアアアア!?》

ニャロウ・カンソーに知覚できるはずもなく。

「――光速（ライトニング）パンチ（パンチ）だぁぁあ！」

カ――――――!!!

光と化したグエンのパンチ。

そりゃぁ、もう……。

《ウジョッツ――――……コ？》

……ボぉぉぉおおンッ!!

べちゃべちゃと、体の残骸が降り注ぎ。

断末魔の叫びを残して、ニャロウ・カンソーが弾け飛んだ。

そして、
何もかもが背後に置き去りになったような景色の中――そして、その空間の中心にグエンはいた。

……リズとともに！

「……ツッツ！」

空に輝く星々が点から線となって糸を引き。

森の木々は塗りつぶした絵画のようにグニャリと潰れて色のみが後を引く――。

世界はまるで失敗した絵画のごとく。

描いている途中のそれを、腕で横に擦りつけてしまった失敗作のように――――!!

それは一言でいうなら光の世界。

神々のおわす領域で、人の達しえない天上の世界だ。

だが、ここにグエンはいる！

そして、

「リズ――――!!」

「グエン！」

そのなかで、光輝く「物理防御無限」の防核に包まれたグエンとリズ。

それはグエンの体を中心として球体の形で広がっており、

あらゆる物理法則を無視して、それに触れたものを全て弾き、削ぎ落とし――――ぶち抜いていった。

そして、ようやく景色が変化し速度を取り戻したとき。

まるで空気の膜を抜けたように、グエンは先ほどとは一転した景色の先にいた。

徐々に、徐々に。

光を感じ、

熱を感じ、

音を感じるにつれ、

徐々に速度が落ちていく――――。

そして周囲の風景が。……空気が。……空間が変わる。

無敵の防核はうっすらと溶けていき、

周囲の空気を生温く感じるくらいに速度が落ちた時、遂にグエンは地面に降り立った。

「うっ！」

「目が……！」

ようやく降り立ったのは、名も知れぬ砂漠地帯。

あの魔族の支配する湿地帯からは何マイル離れていることか。

少なくとも、数マイル、いや、数十、数百という単位ですらないかもしれない。

もしかすると、大陸すら違うのではないだろうか？

だが、それほどの「跳躍」をしたにも拘わらず、グエンとその腕に抱き締めたリズは無事だった。

ボロボロになった手足は変わらず、
マナックの拳に潰された臓腑と折れた肋骨の刺さったそれ。

アンバスに斬られた足の傷からは今も血が流れている。

………だが生きている。

あの死地から二人は生きて逃れたのだ。

※　回想終わり　※

「ど、どこだ。ここ⁉」

「アタシが知るわけないでしょ！」

プリプリとリズが怒る。

ああ、よかった二人とも生きていて……。

それにしても、

「グエン……ひどい格好」

見ればグエンの体は全身血塗れだ。

「リズもだろ」

二人とも血塗れだ。

……否。

これは、グエンとリズの血ではない。

これは……。

この緑色の血は――――？

第17話「ライトニング！　だけど、ここは砂漠ッ」

「に、ニャロウ・カンソーの血⁇」

「そ。思い出した？」

あぁ、思い出した……。

俺は光速の力でリズを救い、
そして、その勢いのままにニャロウ・カンソーをぶち抜いたのだ!!

「ビックリしたわよ――。まさか、一撃であのニャロウ・カンソーがぶっ飛ぶなんて……」

リズはそう言うと、ニャロウ・カンソーの残骸(ざんがい)の中から一際(ひときわ)大きな武器を取り出し空に翳(かざ)した。

なにやら、怪しく輝く長い長い得物(えもの)――。

「それは?」

「……グエンの戦利品」

ギラリと輝くそれは、たしかに奴(ニャロウ・カンソー)の持っていた得物だ。

――槍と銛。

「これは、伝説の槍(やり)――グングニルと、そして対(つい)となる銛(もり)、トリアイナ(海洋神の銛)ね」

え……。

グングニルとトリアイナ…………??

あれ……?　どっかで聞いたような――。

「…………うそ!?　まさか、ち、超レアアイテムか!?」

「まーね」

リズはギルドから肝(きも)いりで斡旋(あっせん)されただけのことはあり、そういった情報に詳(くわ)しいらしい。

それにしても、まさか、ニャロウ・カンソーが伝説の装備を持っていたとは驚きだ。

「………グエン。アンタ本当に魔王軍の四天王を倒したのね」

槍はリズが手にして間もなくシュルシュルと小さくなっていき、彼女に合うサイズに収まっていた。

そして、ひとつ大きく息を吐くと、

「はい、あげる」

ポイっと投げ渡された銛を慌てて受け取るグエン。

「わ！　な、投げるなよ!!」

槍同様、またもやシュルシュルと長さを変える銛。

あっという間にサイズを変え、
それはグエンの手にフィットするような大きさになると、ギラリと陽光を反射した。

「それがトリアイナ。それ一つで、城が買えるって代物よ？　まさか、このクラスの武器が二つも……」

ビックリだわーと、リズが手にしたグングニルを羨ましそうに眺める。

それを見ていたグエンは、

「あ……。り、リズもいるよな？　奴も二人で倒したんだしさ、それは君に――」

「あげる」

ポイッ。

「え？　いや、これは君の……」

「そういうわけにはいかないでしょ？　あんな化け物を倒すなんて、アタシじゃ束になっても無理よ。それはアンタのもの」

そう言って、グングニルを差し出してきたリズ。

こんな誰も見ていないような砂漠にいても、リズは律義にドロップ品を渡してくれた。

マナックたちとは大違いだ。

そう言えばあいつ等……。

ズキ――。

「イタッ」

今頃になって全身に激痛が走るグエン。

ドサッ………。

思わず片膝をつき、手にした武器を取り落とす。

「ちょ!?　だ、大丈夫――って、うわ！　なにこれ……ひどい」

リズがグエンの傷を見て顔を顰める。

「アイツらこんなになるまで……」

リズはグエンが殴られ刺されるのを見ていた。

だけど、まさかこれほどの重傷だとは思っていなかったらしい。

「ぐ……！　くそ、血を流し過ぎたみたいだ――」

砂漠のクソ熱い外気の中、グエンの体は急速に冷えていく。

せっかく助かったのに、このままでは――……。

「ちょ、だ。大丈夫⁉　いや、大丈夫なわけないよね――ど、どど、どうしよう⁉」

リズがアワアワしながら、体につけた装備をさぐっている。

冒険者必須(ひっす)の回復アイテムがないか探しているのだろう。

だけど、リズはニャロウ・カンソーに囚(とら)われた時にほとんどの装備を逸失(いっしつ)してしまったらしい。

グエンとて、光速飛行した時、あらかた失った。

「あぁ、もう！　乾燥薬草しかない！　こんなんじゃ――」

それでも、その薬草を引っ張り出すと、粉々(こなごな)に砕(くだ)いてグエンに差し出す。

「飲んで！　気休めだけど……」


（あぁ、本当に気休めだな――）

血を失い過ぎて暗くなり始めた視界。

グエンは終わりが近いことを悟り始めていた。

もう一度、あの称号とともに手に入れた「光速」系のスキルを使えばここを脱することもできるかもしれないが、このボロボロの体ではそれも無理だろう。

そう考えつつも、弱々しくリズの差し出した薬草を口にするグエン。

「ゴホ、ゴホッ！」

激しく咳(せ)き込み、薬草を吐き出してしまうグエン。

僅かながら口にすることができたが、渇き切った喉ではほとんど飲み込むことができず、結局むせて吐き出してしまった。

リズは逡巡しつつも、それを口移しに含ませてくれたが、彼女の喉も砂漠の果てで渇き切っている。

そして、二人に手持ちの水はなかった――。

「ゲホッ」

「カハッ」

結局薬草を飲み込むことができずに、傷口からは絶えず血が流れ続けている。

「はは……ごめんよ、リズ。せっかく助かったのに……なんか、俺のスキルのせいで」

「ケホッ。ぐ、グエンのせいじゃないよ――不覚だったわ。自活できるように、道具は全部持ち歩いているつもりだったんだけど……」

リズが、腰から外した水筒を見せて弱々しく笑う。

そこには穴が開いており、水がポタポタと垂れていた。

「生憎、戦闘中に壊れたみたい――。アンタが失血で死ぬか、アタシが脱水症状で死ぬか……ふふ、アンタの方が早そうね」

「あぁ、……俺の方が早い」

くくく。

結局アイツらの思い通りか……。

マナックたちの笑い声が頭に響き渡る。
グエンを囮にして、
リズをも犠牲にして逃げたアイツらの声。
マナックの高慢ちきな笑い声……。
アンバスの小者じみた引き攣った笑い声。
レジーナの悪意に満ちた笑い声――。
そして、
泣きながらポーションを差し出しつつも、
結局グエンたちを見捨てたシェイラの――………。
「ポーション!!」
「え!?」
しまった!
忘れていた!!
俺の馬鹿野郎!!
「あった……。水分が……! ぽ、ポーションがあった!」
懐を探ると、数本のポーションが。
それは、見捨ててゴメン、と泣きながらシェイラが差し出したものだ。
そこそこに値の張る中級ポーションが数本と、一本は高級ポーション!

これがシェイラなりの罪滅ぼし……。

ふざけろよ………！

「くそっ！」

シェイラの泣き顔が目に浮かんで、

それと同時に、恩をあだで返されたような怒りが燃え上がる。

簡単には消えぬ激情を、目の前に浮かんだシェイラの泣き顔を殴って霧散させるグエン。

「ど、どうしたの」

「いいから、リズも飲め！」

リズにポーションを差し出し、グエンも…………一度目をつぶって、少し逡巡したのち、

懐から取り出した高級ポーションを一気に呷った。

ぐびりぐびりぐびり………。

僅かに甘みを感じる滋味あふれる液体。

安物のそれと違い、ほんのりと酒の風味すら感じられる。

旨かった………。

ジリジリと照りつける太陽の中。

砂に滲みこむ血と汗で、大量に水分を失っていたグエン。

その臓腑に染み渡る水分のなんと甘美なことか。

そして、傷を癒やす魔法の力……！

「ぷはっ……！」

ポゥ――とほんのりと傷が輝いたかと思うと、フワー……と淡い光が立ち昇り、全身の傷を立ちどころに癒やしていった。

「ゴホッゴホッ……!!　ちくしょうッ」

シェイラぁ……！

あの女のおかげで助かってしまった。

あの泣き顔のせいで、
あの白々しい謝罪のせいで……！

「ぷぅふぅぅぅ……あー助かった。ま、一時しのぎだけどね」

口の端からツーと垂れたポーションの筋をぬぐいながら、リズがホッと一息つく。

その頃には、グエンの体も癒えていた。さすがは高級ポーション。

「あぁ、だけど、遅かれ早かれ渇いて死ぬな……」

「あ、そのことだけど、」

ニッとリズが笑う。

「忘れてたわ。そのレアアイテムの効果を――」

「は？　レアアイテム??」

リズがグエンの手元にあるトリアイナを指さした。

第18話「すいません、水出しすぎだと思います（前編）」

――ザバァァァアアアアアアアアアッ！

「キャッホ――――イ!!」

バッシャーン!!

「いやっほ――――――！」

ドッポーン!!

「「（ぶくぶくぶくぶく……）」」

一面に広がる水に飛び込む、リズとグエン。

島のように水面から出ているのはかつて砂丘だった場所らしい。

だがそれらは、いまや湿った砂の小島でしかなく、あたり一面、澄（す）んだ水で覆（おお）われていた。

「「（ぶくぶくぶく……）」」

そして、水面に浮かび上がった二人の頭。

勢いよく水を割ると――。

「ぷふ――――!!　……生き返るぜぇ」

「ふはー!! ……水っておいしいぃ」

ゴクゴクと、
全身水に浸りながら、リズが思う存分水を飲んでいた。

もちろん、グエンも微笑みながら手で水を掬い思いきり飲む。

ぶはぁぁ……!


「あー………助かったー。まさかトリアイナに水を出す能力があるなんて」

「ほんと、ほんと。ニャロウ・カンソーを倒してなきゃ、死んでたわ」

ドプンッ! と、再び水に潜り、縦横無尽に泳ぐリズ。

それを見つめるグエン。

人魚のようにスイスイと元気に泳ぎ回るリズ。

キラキラと輝く透明な水面と、青く静かな水中。

その中を楽しげに泳ぐ彼女は実に美しかった。

(綺麗だな……リズ)

彼女が泳ぐ水はどこまでも広がっている。

そして、水深は深い……。

この水はどこから来たのか?

……そう。あれから――ポーションで傷を癒やしたあとは、乾燥死を待つのみとなった二人。

一時はその覚悟もしていた。

だがそんな時、

リズが『トリアイナ』の効果を思い出したのだ。

ニャロウ・カンソーからドロップした超レアアイテム。

伝説の海洋神が持っていたとされる、これまた伝説の銛——……トリアイナ。

その能力は、なんと水を生み出すというものだった。

曰く。

その昔、海洋神の怒りに触れた人類がトリアイナから湧き出す水によって都市ごと沈められたという伝説。

それが真実であると証明せんばかりの、呆れた性能を持つ伝説のアイテムだった。

なぜなら、見ての通り。

実際にその効果は、すさまじいものであった。

今、砂漠の一角を満たしている水は全てトリアイナが生み出したものだ。

最初は、半信半疑ではあったグエン。

だがリズの言うとおりにトリアイナの能力を解放すると、出るわ出るわ！　まー出るわ！

呆れるほど、水がどっぷんどっぷんと湧き出した。

そして、この乾いた大地をあっと言う間に水源に変えてしまうほどの水量で覆い尽くした。

もしグエンが止めなければ、砂漠全体が水没してしまうほどの勢いであった。

だが、おかげで二人は大量の水を手に入れ、そして思う存分味わうことができた。

「ぷはぁ!!」

そうして一命をとりとめ、優雅に水泳としゃれこんでいるわけだ。

「綺麗だな……」

キラキラと輝く水面と、人魚のようにスイスイと水の中を泳ぐ褐色肌の少女。

「ぷぅっふぅー！」

ざばっと水面を割って顔を出したリズがニコリと微笑む。

その顔を直視して柄にもなく赤面したグエンは思わず視線を逸らす。

（お、落ち着け俺――……こんな何歳も年の離れた子に何をドキドキしてるんだ）

オッサンゆえ、どうしても若い子との距離感に慌ててしまう。

下手なことを言って、変態だの、ロリコンだのなんだのと言われて、ギルドに訴えられたら堪ったものじゃない――って、あ、そうか。

（リズはダークエルフだから、俺より年上か）

ゴンッッ！

「あだ！」

「なんか失礼なこと考えてたでしょ」

プクゥと頬を膨らませたリズが、ジト目でグエンを睨む。

「か、考えてねーよ！　そ、それより、そろそろ上がろうぜ。この日差しとはいえ、長く浸かってると全身がふやけそうだ」

「ぶー。絶ッ対、失礼なこと考えてたしー」

ブツブツと言いながらもリズが砂丘の上によじ登り、服を大雑把に絞った。

あとは太陽に任せれば、すぐに乾くだろう。

彼女の健康的な褐色の肌が、太陽と水滴にキラキラと輝き一種幻想的ですらあった。

そして、
グエンも『トリアイナ』を砂丘のてっぺんに突き刺し、いまや狭い小島となったその上に腰を下ろす。

「すげぇ光景だな……」

二人の目の前にはキラキラと光る水面だけがあった。

「ほんとに……」

まるで、小さな無人島に流れ着いた二人のようだった。

日差しで少し上気したリズの横顔が、しっとりと輝いている。

それをじっと見ていると、ふと彼女と目が合う。

ドキリ――。

「………ところでさっき、アタシのこと年増だとか思ったでしょ」

ギクリ!!

（う……。鋭い）

「アタシ、そーいうの敏感なんだから」

ぷー。と唇を尖らせて不機嫌そうな顔のリズ。

「ご、ごめんって。悪気はなかったんだ……それより、」

「あ、あからさまに話題を変えたなー。まぁいいけど、なに？」

あー……なんだっけ？

あ、そうそう。

――なぁ、リズ。

「えっと……。あの時、どうして俺の味方をしてくれたんだ？」

第18話「すいません、水出しすぎだと思います（後編）」

「えっと……。あの時、どうして俺の味方をしてくれたんだ？」

「あの時？　――あの時……って？　あー……あの時ね！　んーまぁ、色々とあるのよアタシにもね。それに、マナックたちのやり方は気に食わなかったし」

そう言って、マナックたちを思い出したのか吐き捨てるように言うリズ。

「そうか。それでも、ありがとう……」

「別にアンタのためだけじゃないわよ」

彼女の言う「マナックたちのやり方」が、どこのどのことを指しているのかグエンにはわからなかったが、彼女なりの矜持があるらしい。

そもそも、彼女は最近加入してきたメンバーで、それほどマナックたちに思い入れがあるわけではないのだろう。

だから、パーティの空気に染まらず、自分の行動規範で動いたということ。

本来なら、そういったスタンドプレーはパーティとして組む上では致命的な欠陥なのだが……。

だが、今回ばかりは、そのおかげでグエンは救われた。

もっとも、
結局は、リズの性格によるところが大きいのだろう。

彼女の職業は、冷酷と言われる天職「暗殺者」。

に、しては情に脆い気もするけど……。

「……ん？　色々って、どういうこと⁇」

「んー、色々は色々よ。……ま、無事帰れたら話してあげるかもね」

「あ、あぁ……うん」

ま、無事にね――……と。

そう言って寂しそうに笑うリズ。

一応は助かったとはいえ、どこともしれぬ砂漠地帯だ。

グエンの称号「光」のため、二人ともわけもわからずこんなところに来てしまった。

――だけど、リズはひとつ勘違いしている。

「…………え？　無事に帰れたらって？」

「そーよ。無事に帰れたらよ。それも、奇跡的にねー。そしたら、まー……。手始めに、四天王の討伐依頼を受けた、あの辺境の街のギルドに報告に戻りたいわね。…………もう、無理だけど」

えへへ、と少し寂しそうに笑う。

そこには諦めの色すら見えた。

足を水につけ、パチャパチャやりながらも、ボンヤリと水面を見つめているのは、あの湿地帯の近傍にあった街に思いを馳せているのだろうか。

そして、きっと今頃マナックたちもあそこに向かっていることだろう。

村を素通りして、さっさと「依頼変更」だかなんだかを告げるためにギルドのあるあの街を目指しているに違いない。

まぁ、それはそれとして。

「ん？　ど、どゆこと⁉」

「はぁ？　どーもこーもどだい、無理って話よ。水はあっても砂漠を抜けるのは絶対無理！」

ところでリズは何を言っているんだ？

「……え？　無理って？」

「……は？　無理は無理でしょ、だって……」

ん？

――へ？

「なんで？」

「なんでって、無理は無理に決まってるでしょ。こんな、見たこともない場所まで来ちゃって
――え？」

「え？」

「え、え？」

あれ。

会話が嚙み合わない。

「いや、だって……。え？　さ、砂漠だし。場所もわかんないし……え？　え？　か、帰れる、の？」

「う、うん。帰れるよ。体調も戻ったし、なんかＬｖも上がったし……。全ッ然余裕」

はい。ほんと。

本当の本気で余裕で帰れちゃいます。

「うそーん」

ポカンとしたリズの顔。

しかし次の瞬間、猛然とグエンに食ってかかる。

「いや、いやいやいや！　ど、どどど、どーやって!?　そ、そもそも、ここがどこかもわかんないのに!!」

リズは頭を押さえてキンキン騒いでいる。

どうやら、グエンの言うことがいまいち信用できないのだろう。

まぁ、論ずるより証拠――。

「さっき新しいスキルを覚えたんだよ。それもとっておきの」

「い、いい加減なこと言わないでよ!?　そ、そんな都合よく――」

リズの言うことももっともだが、都合がいいというよりある意味必然だ。

なんたって、

倒したのは遥かに格上の魔物――魔王軍四天王の一角ニャロウ・カンソーだ。

「お、落ち着けって。リズだって、経験値入ってるだろ？」

「こ、これが落ち着いていられる？　冗談！　…………あ、ほんとだ。凄い経験値」

いつの間にか、グエンとリズに大量の経験値が入っていた。

「って、違う違う違う!!　そーいう話じゃないからぁ！」

「えー……」

なんかリズ、面倒くさい。

「た、たしかに、アタシもスキル覚えてるみたいだし、それならアンタも覚えててもおかしくないわね。…………いや、おかしいわ！」

リズも体に溢れる経験値を感じたらしい。

しばし、ほんのりと輝くステータス画面を呆然と眺めていた。

「あ、もしかして……」

リズに今頃経験値が入るというは、ニャロウ・カンソーの撃破は、もしかするとマナックたちにも感知できているかもしれない。

とはいえ、戦闘に貢献したかどうかは微妙なライン。

それも、

逃げたあいつらの中で、唯一ニャロウ・カンソーに打撃を与えたのはシェイラだけ。

ならば、たとえ僅かばかりとはいえ、ニャロウ・カンソーを攻撃していたシェイラもこの経験値の恩恵を受けている可能性はある。

魔物討伐の経験値は戦闘時に貢献したものに割り振られる。

（奴ら、勘づくかもな――）

最も貢献したものは大量に、

それ相応のものにはそれ相応に……。

だから、リズにも相応。

シェイラにも僅かに……。

難しい顔で考えこんでいると、リズにガックンガックンと揺さぶられる。

「――ちょっとぉぉ！　そーいうのは早く言いなさいよ!!　だけど、も――!!　スキルがあったからってなんなのよ!?」

「まぁ、スキルだけじゃなくて――。体調も戻ったし、こう……ほら。ぴょーんと」

ぴょーんと飛ぶ真似(まね)をするグエン。

それをジト目で見るリズは……。

「ぴょーん!?　ふざけてるの……？　体調でどうにかなるもんじゃないでしょ!?」

「そりゃ、フラフラで使うもんじゃないよ」

ここまではスキル「光速突撃(ライトニングチャージ)」で、着陸地点も決めずにぶっ飛んできたがゆえの意図せぬ移動だ。

慣れてくれば元の場所に戻ることも、僅かな移動で使用することもできるのだろうが、グエンも初めて「光」の称号を得て加減ができなかったので、こんな砂漠にまで飛んできてしまった。

そして、リズは知らないだろうが、実はここに着地するまでグエンたちはこの星を何周か回るほどの高速移動をしていたのだ。

もっとも、目にも留まらぬ速さではあったけど……。

しかし、リズにはそんなことはわからない。あからさまに動揺した様子で、

「だ、ダメだわ。きっとグエンも砂漠の暑さや諸々（もろもろ）で頭をやられてるんだわ……？　ここはアタシが何とかしないと――」

じとー…………。

「おまけに光速突撃のスキルを使ったおかげで派生（はせい）スキルもゲットしたぜ」

「ああ、だめ。おかしいッ。皆おかしいわぁ……」

リズはグエンの話など聞こえないとばかりに頭を押さえて悶絶（もんぜつ）している。

あー。だめだこりゃ……。

実際に、やった方が早そうだ。

スキル確認。

ぶぅん……。

習得スキル：「音速突撃（ソニックチャージ）」
　　　　　　「音速衝撃波（ソニックブーム）」
　　　　　　「光速移動（ファストラン）」
　　　　　　「光速突撃（ライトニングチャージ）」

「あ、これだ」

そうそう、これこれ。

多分、この「光速移動」で一気に遠距離への移動ができる。

それも、一度行った場所なら屋外に限定されるものの、どんな場所でも可能らしい。

もちろん、使用にも問題はない。

なぜかって？

そりゃ、スキル習得とともに大雑把な使用法がわかるようになっているのだ。

もっとも、
光速移動というのは、転移などの魔法の類ではなく、実際にグエンが生身で移動するわけだけど……。

光の速度で駆けるグエンは、まさに「光」。

おまけに、移動の間は光の速度を維持する防核に包まれるらしく少々の障害だろうが、地形の制約だろうがほぼ無視してしまえるというぶっ飛び具合。

実際、ここに来るまでに、いくつか山脈と海を飛び越して来ていたりする。

「あぅぅ……。駄目よーダメダメ。グエンがおかしくなっちゃった以上、アタシがしっかりしなくっちゃ」

ブツブツと虚ろな目をして呟くリズを放置して、グエンは散らばった物資を集める。

水没する前に回収しておいてよかった。

「ほら、リズも手伝ってくれよ」

「うー……。あー……。ブツブツ」

伝説級とやらの槍と銛を拾い、リズに押しつけると、その他のドロップアイテムを拾うグエン。

ニャロウ・カンソーの体の部位は、それぞれ弾(はじ)け飛んでしまったので、一部だけしか回収できなかった。

だが……。

(これさえあれば十分だッ)

――これは絶対に持ち帰らねば……！

グエンは、ブツブツと虚ろに呟くリズを叱責(しっせき)しながら、黙々とドロップアイテムを回収していく。

そして、グエンは。

「見ろよ、リズ」

ニヤリ――。

討伐証明となるニャロウ・カンソーの首を砂の中から引っ張りだし、ニヒルに笑う――……。

第19話「光の戦士(笑)は、撤退する（前編）」

「に、ニャロウ・カンソーは!?」

「え？　あー……来てねぇ！　来てねぇぞ!!　やった、上手(うま)くいったみたいだぜッ」

グエンたちを見捨てて遁走したマナックたち。

マナックは悪臭漂う湿地の奥が気になったが、振り返っている暇も惜しい。

まだ、かすかに戦闘音が響いているのだ。

グエンたちはうまく囮の役目を果たしているらしい。

「うまくいったのね。よかった」

汗を流しながらも、ニコリと妖艶に微笑むレジーナ。

その顔はまさに聖女のそれだが、

一皮剝いたら中身は、仲間を見捨ててヘラヘラと笑うヘドロ袋のようだ。

「ちょ、ちょっと待ってよ……！　も、もう、僕限界……！」

チョコマカと懸命に走るのは、パーティ一のチビッ子シェイラ。

後から追いついたためか必死の形相だ。

「チッ！　このチビ助ッ！　ちんたらしてる暇はねぇぞ！」

居丈高に声を荒らげるアンバスに、

「あぅ。ご、ごめん……」

反射的に謝ってしまうシェイラ。

一度見捨てられかけたこともあり、

そして、今のパーティ内で一番足を引っ張っていることも相まって、いつの間にかパーティ内の序列が一番低くなったシェイラ。

それを肌で感じ取っているアンバスたちは、シェイラに対しての当たりがきつい。

「そうですよ。アナタに合わせて逃げている余裕はありません。自分でバフをかけるとか工夫なさい」

ニコリとも笑わず、努力しろというレジーナに、シェイラもさすがにカチンときた。

「ぼ、僕のことも……。さ、さっき見捨てたくせに……！」

精一杯にらみつけるシェイラだったが、レジーナはどこ吹く風。

それどころか、

「あらぁ？　じゃあー、アナタもあそこに戻る？　今頃、グエンもリズも美味しく食べられてる頃だけど……」

ニィ――と形の良い唇を歪めると……。

「あの巨体ですもの、二人ぽっちじゃおやつにもならないし、もう一人くらい囮にしてもいいんじゃないかなって、思うのよね」

ニッコリと、と微笑むレジーナ。彼女は顔に暗い影をまとうと、シェイラの顔をガシリと両手に摑んで正面から覗き込む。

「んねッ？」

その瞳の奥に隠された真っ黒な感情を見たシェイラが思わず悲鳴を上げる。

「ひぃ!!　や、やだ!!」

「でしょう……？」

ポイッと、投げ捨てるようにシェイラを突き放すレジーナ。

尻もちをついた彼女を冷徹に見下ろすと、ニッコリ。

「なら、黙って走りなさい。…………でなきゃ、置いてくわよ」

その冷たい瞳にゾゾゾーと背筋が凍る思いをするシェイラであった。

そして、気づく。

（あ………。も、もしかして――）

そう。もしかしてだ。

今まで、グエンがいたからこそ、自分はあの冷たい目に晒されなかったのだと……。

そして、グエンのいなくなった今――グエンの立ち位置にいるのは自分なのだと気づいた。

あれほど、小バカにして、さんざんコキ使って、パシリ扱いしたグエンの立ち位置に……。

（そ、そんな……！）

そこに、

「おいおい、あんましシェイラをいじめんなよー」

「そうそう。女同士仲良くしろって、なぁ、シェイラー」

「ひっ」

気持ち悪い笑みを浮かべたマナックとアンバスが、今更ながらシェイラに手を差し伸べる。

まるで、地獄の獄卒のような凄惨な笑みを浮かべて――……。

（ああ……、ぼ、僕は馬鹿だ。なんて馬鹿だったんだろう）
グエンを虐げ、
グエンを見捨て、
グエンを想う……。
今更ながらグエンがパーティで果たしてきた役割を思い出す。
グエンがいたから、自分は救われてきたんだと気づく……。
マナックたちの目を見て気づく――。
……………次は自分の番なんだ、と。

第19話「光の戦士（笑）は、撤退する（後編）」

……………次は自分だ。

真っ青な顔になったシェイラ。

この先のパーティでの扱いを想像し、吐き気を覚える。

うう……。

「ぐ、グエン……」

一人、ポロポロと涙を零すも、もうどうにもできないことに思い至り、シェイラは目の前が真っ暗になりそうだった。

しかし、そんなシェイラに気づいているのか、

「なーに、泣いてんだかー。あ。もしかして、グエンさんに同情してるのかしら?」

アハハハハッ！　と嘲笑を交えつつ、レジーナはマナックたちと並び立ち、冷たい目をシェイラに向ける。

「……言っとくけどね。アナタ、無事に帰れたとして――」

グイっ！　とシェイラを無理やり引き起こすと、レジーナは彼女の耳に口を近づけてボソリと言った。

「……余計なことをしゃべったら、タダじゃ置かないわよ」

「ひッ！」

思わず漏れた悲鳴。

レジーナのゾッとする声の響きに、シェイラの顔が引き攣る。

そして、この女――レジーナは気づいているのだろう。

シェイラが、グエンに対しての罪悪感に苛まれていることに……。

下手をすれば、無事に帰還したあと、このガキがギルドに正直に報告しかねないことに――。

「仮にね。そう、もし仮に……ね。アナタが余計なことを言ったら――」

すぅー……と、空気が冷える気配を感じたシェイラ。

ブルブルと震えながら見上げれば、レジーナがシェイラの首をキュウウ……と絞めていた。

それはそれは、丁寧に。

キツ過ぎず、
弱すぎず……、
優しからず——。

まさに、弱者をいたぶる術を知っているその力で——。

「アナタも同じ穴のムジナなのよ……？　だから、ね。今日、あそこであったことは黙ってなさい」

「は、はいぃ……」

ガクガクと足を震わせるシェイラ。

立っているのもやっとで、
いっそここで蹲ってしまいたい。

だが、後方で響く戦闘の地響きに、ニャロウ・カンソーへの恐怖心が頭をもたげて、それを許してくれない。

「おいシェイラ！　てめぇ、いつまでもへばってんじゃねぇぞ！」

「アンバスっ、あまりでかい声を出すな！」

さすがに魔王領なだけあって、魔物がうじゃうじゃいるらしい。

斥候のリズを失い、雑用兼警戒係のグエンもいない今。ニャロウ・カンソーの支配領域を抜けたせいか、いつしか雑魚の魔物の気配が濃くなり始めていた。

「ち……。ニャロウ・カンソーの影響が及ばない地域らしい。こっからは雑魚が出やがるぞ？　ガキがのろのろしてやがるから、囲まれそうだ」

「ま、そのぶん。ニャロウ・カンソーから離れたってこったろ」

ようやく、戦闘の意思を見せるマナックたち。

ニャロウ・カンソーには歯が立たなくても、雑魚モンスターくらいなら……。

――グォォオオオオオオオオオオオオ!!

突如、唸り声をあげて突っ込んできた大型のリザードマン。

その一撃を危うく躱し、なんとかカウンターを叩き込むマナック。

「うぐっ！　な、なんだこのリザードマンは!?　こ、こんなでかいのがいるなんて、聞いてないぞ！　下調べを怠りやがって、あのパシリ野郎のグエ――」

グエンに不満をぶつけようとして、アンバスは思わず口を噤む。

「グエンのことは言うな！　もう、奴はニャロウ・カンソーの胃袋の中なんだぞ！　ここは俺たちだけで……」

「わ、わかってる！　おい、チビ！　レジーナ、援護しろッ」

怒鳴るアンバスに、シェイラを突き飛ばしたレジーナが答える。

「はぁ!?　こ、こんな雑魚に魔力を消費しろっての!?」

「雑魚だぁ!?　馬鹿野郎、よく見ろッ！　お前も前衛を張って――……グッ」

ガキィィイン！　と、重い一撃を放つ大型リザードマンにアンバスが押される。

ズザザザザ――。

「ちぃ！　アンバス、受け流せっ！　まともにぶつかるとやられるぞ！」

「く、くそッ！　援護しろっつってんだよ!!」

だが、アンバスの要望にレジーナもシェイラも応(こた)えることができない。

二人とも、魔力の使い過ぎなのだろう。

レジーナをはじめ、女子二人は真っ青だ。

「マジックポーション切れなのよ！　…………残りの物資は、く……。グエンと一緒に放棄してしまったしね」

「ばッ！　……か、鞄(かばん)の中にあるだろうが!?」

アンバスは大型リザードマンと鍔競(つばぜ)り合いを続けながら大声で怒鳴る。

「はぁ？　この状況で荷物の管理ができていると思ってるの!?　それに……自分の分はとっくに使い切ったわよ！」

「ぼ、僕も、持ってない……」

シェイラはグエンに差し出したポーションのことを思い出しながら、何かを振り切るように首を振る。

「ちぃ!!　使えねぇ女どもだ!!」

「アンバス、もめている場合か！　お前の持っているポーションを出せばいいんだよ!!　さっさと物資を再分配しろッ。お前には、そのポーションは必要ないだろうが!?」

「あぁ!? 手が放せねぇんだよ!!」

腰のポーション入れと、背中の背嚢には確かにポーションが入っている。

だが、リザードマンとの戦闘中にそれに手を伸ばすことはできない。

いつもならこういう時は――……!

「くそっ! グエンの野郎……肝心な時にぃ!!」

そう、いつもなら的確なタイミングでグエンが物資の再分配を、消耗品の配布を行っていた。

だが、それがないのだ!

なによりも、どこになにがあるのかを誰も把握していない。

そう。あろうことか、このパーティでは乱雑に分けたため背嚢の中身を誰もよく知らないのだ。

「いいから、渡しなさいっ!!」

乱暴にアンバスのポーション入れと背嚢からポーションをひったくるレジーナ。

アンバスが自分用にとっておいた高級品だ。

「おい待て!! それは俺が買ったエリク――」

キュポン!

だが、みなまで言わせずレジーナは高そうなポーション瓶をためらわずに開封をすると一息に飲み干す。

そして、

「ぷふぅ！　――ほら、シェイラ」

「あ、う、うん！　――わわわ、投げないで」

もう一方の手に持っていた一本をシェイラに投げ渡すと、すぐさま魔法を練り始めた。

「まったく！　持ってるなら、さっさと渡しなさいよ!!　――はぁぁあああ!!　神聖結界(ホーリーバリアー)!!」

自分だけポーションを確保していたアンバスを非難がましい目で見るレジーナたち。

シェイラも息を整えながらポーション瓶を空(あ)けていく。

事ここに至(いた)って、いがみ合っている時ではないと全員がわかっている。

わかっているんだけど……。

「てめぇら。何だその目はぁ!?　俺のポーションだぞ！　俺が買ったんだ！　俺がどう使おうが俺の勝手だろうが！」

「アンバス！　今はそんなことを言っている場合じゃないぞ……！」

さすがにまずいと思ったのか、マナックがアンバスを鎮(しず)めようとするが、

「うるせぇ!!　お前の指揮(しき)が悪いからこうなってんだろうが!!　さっさと血路(けつろ)を切り開きやがれッ！」

「な、何だと!?」

これにはさすがのマナックも黙ってはいない。

だが、興奮したアンバスは引き下がらない。

「てめぇが適当にクエスト選ぶからこうなってんだろうが!!」

「俺じゃねぇ！　グエンの奴が選んだんだ！」

もちろん、それは事実だ。

事実なのだが……。

「はっ!!　ニャロウ・カンソーよりも強ぇ、ドラゴンを倒そうとか宣ってた奴がよく言うぜ」

「て、てめぇえ……」

マナックも額に青筋を浮かべて、今にもアンバスに斬りかからんばかりだ。

それにしても、大型リザードマンと戦いつつ、なんとも余裕のあることだ。おそらく、レジーナのバフが効いているのだろう。

攻撃力や防御力などが向上し、リザードマンからの圧力が減っているのだ。

だが、それにしても――。

「――くっそぉぉお……。俺にヘイトが集中して、動けねぇえ！」

「ち、リズかグエンがいないと、タゲが……！」

いつもなら、グエンがチョロチョロしてヘイトを逸らしたりしていたのだ……。

「ぐぐ！　くそぉ!!」

あれはあれでうっとうしかったのだが……くそ！　どうも、それなりに有効だったらしい。

「おい、シェイラ!!　さっさと魔法を打て！」

「デカいのじゃなくてもいいんだ、早く!!」

マナックとアンバスは複数のリザードマンを抑えるのに、必死だ。

それがゆえに、シェイラも戸惑(とまど)っている。

「だ、ダメだよ！　ち、近すぎる……！」

密集した場所に魔法を打ち込めば、当然味方も被害を受ける。

いつもなら、グエンがうまく敵を散らしてくれるけど、それがない。

それがないだけで、こ、こんなぁぁああ——！

「ちぃぃい！　いいから打て!!」

「はや——く!!!」

「む、無理!!　グエンがいないのに、無理ぃぃい！」

魔法杖(スタッフ)を構えたまま、うずくまるシェイラ。

「グエンだぁ？　グエンごときがいないからってなんだ!?」

「あのパシリ野郎のことは言うな!!　さっさとやれぇぇえ!!」

ギャーギャーとうるさいマナックたちに、シェイラはたまらず叫ぶ。

「も————————!!」

さっと魔法杖(スタッフ)をマナックたちに向けると、キュィィイイイン!!　と魔力を練り上げていく。

その速度は速く、そして、強力だ!!

「どうなっても知らないからねッッ!!」

「「いいからやれえぇぇえええええ！」」

マナックとアンバスの叫びが荒野に響いた直後、

「うわぁぁあああああああ!!」

シェイラの小さな体からヤケクソのような叫び声が放たれる。

そして、

ズドォォォォォォォオオオオオオオン!!!

と、大爆発が起こり、荒野に爆音を轟かした……。

そうして、大きな犠牲を払いつつも、SSランクパーティ『光の戦士』はなんとか、街へと帰還した——。

だが、パーティ内の空気は最悪。

しかし、そうであっても、

不満をぶつけられるグエンは、もうここにはいない…………。

第20話「すいません、貧乏性なもので……」

「ふぅ……暑いな～」

砂漠の直射日光はキツイ。

グエンは予備の着替えを頭に巻いて、まるでターバンのようにしながら、黙々とドロップ品を梱包していった。

リズも、そのころには漸くといったありさまで復帰。今は渋々グエンに従っている。

「はぁ、なにやってんだろ。アタシー……」

もっとも、他にすることもないので嫌々ながらも仕方なくといった態度がありありとではあるが……。

「ねーもー……。もう、これで全部じゃない？」

「そうだな。ニャロウ・カンソーの本体――……あの体の大部分は、あの時の湿地に置き去りになってるみたいだ」

そんな言葉を交わすグエンたちの前には、四天王の一角ニャロウ・カンソーの頭部と、両腕、胴の一部、そして心臓があった。

心臓だけでまだ動いてる……。

すごくグロいです。はい。

あとは、
奴の装備であった伝説級の槍と銛、例の「グングニル」と「トリアイナ」。

一本は、雷を操り、
もう一本は、大洪水を起こすという、とーんでもない代物だ。

「ふぁー……。これだけでも持って帰れれば、アンタ──SSランクを超えて、ひょっとするとその上のSSSになれるわよ」

「はは。まさかそんな……」

別にグエン一人の手柄じゃないし……。

「ま、持って帰ればだけどね──」

そう言ってやや諦めに近い目をするリズ。

「ん？　持って帰らないのか？」

「はぁ？　どーやって⁉　いや、それよりも……‼」

……ん？　なんで？

なんで、この子こんなにプリプリしてるの？

…………まいっか。

「そう？　じゃ、そろそろ行こうか」

「は……？　だーかーらー！　何言ってんのよ、グエン。こんな砂漠じゃね、下手に動かない方がいいのよ。まずは穴を掘って、それから日没を待つの！　気温が下がった夜間に一気に移動するわよ」

リズはベテランらしく、砂漠戦の基本を語ってくれた。

しかし、グエンは首を捻（ひね）る。

「えー？　よ、夜まで⁇　……俺はさっさと帰りたいんだけど――。……あ、他に戦利品でも探してるとか？」

「あー、そーねぇ。せっかく砂漠まで来たんだし、証拠くらい――モッテカエッタホウガイイ　ンジャナイノー」

後半棒読みのように答えつつ、リズがへらへらと壊れたように笑う。

どうやら、リズはグエンが完全にイカれてしまったと思っているらしい。

失敬な……。

「なんか、リズ勘違（かんちが）いしてな――……と、」

ぶくぶくぶく……。

ゴボゴボゴボ……！

（な、なんだ？）

否定するよりも証拠、と思っているグエンの目の前の水面に――……ボコん!!

と、突如（とつじょ）巨大な物体が浮かび上がった。

「うぉ、なんだありゃ!?　で、でっけぇー！」

「ひぃ!!　き、気持ち悪ッ…………って、こいつ！　獄鉄アリジゴク!!」

突然浮き上がってきた巨大な虫型モンスター。

その姿に驚いたリズが、ぴょぃんと飛び跳ねグエンに縋りつく。

あ、ちっこいのが……。

「っていうか、グロッ!!」

うわ……。グロィわー……。

目の前のそいつは何ともグロテスクな形をしている……。

凶悪な鎌状の牙に、ブヨブヨと膨らんだ腹部。細かい毛がいっぱい……。おえッ。

その様子に、リズも怯えた目をしていたかと思えば、徐々に目の輝きを取り戻していき——

最後には目を＄マークに変える。

彼女の視線を追うと——。

「う、うそ……。あれって、南部大陸の魔物よ？　なんでここに？　って、きゃああ!!」

ブクブクブク……!!

ボコボコン!!

ボコボコボコボコ…………！

次々に浮かび上がる巨大な虫型モンスターたち。

プッカー………。

「ま、マジかよ……」

「すっごい……」

どうやら、水没させた地域に潜んでいた魔物らしい。

普段は砂の下に潜み、獲物が通りかかるのをあろうことか、待っているのだろう。

――で、彼らとしては、あろうことか砂漠で溺れるという前代未聞の事態に。

ノンビリ砂の下にいたら、突如大洪水に襲われ、溺死という羽目に陥ったのだろう。

いくら凶暴な魔物でも、溺れ死んでは事もなし。

グエンたちからすれば思わぬ収穫だが、魔物からすればとんだ災難だろう。

「ひぇぇ……。鋼鉄ヒヨケムシに、インフェルノスコーピオン……。げ、ゴールデンスカラベまで」

他にも、巨大なワームやら、砂色のオオトカゲに、全身鋼鉄を纏ったネズミまで……。

「わ、わかった。ここ、ガラマクラン砂漠。人類の領域外で、魔王領より凶悪な地域よ!!」

へ？

そうなの⁇

「し、しかも。こ、ここここ、こいつら最低でもA級の魔物よ……。人里に降りてくれれば災害クラスの――」

ガタガタと震えるリズ。

偶然とはいえ、どうやら相当やばい場所に着地したらしい。

しかも、よくよく考えてみれば、ボケーと遭難していたその周囲に、これほど多数の巨大で凶暴な魔物が潜んでいたとは……。

い、一歩間違えれば……。

今更ながらぞーっとする二人であった。

よくもまぁ、泳いだりはしゃいだりしてたもんだよ。

と、ともあれ――。

「ま、まぁ」

「せ、せっかくだし……」

二人して顔を見合わせると、ニッと笑い合う。

そして、魔物の死骸に目を向けると――。

「「せーの！」」

ドロップ祭りじゃ――!!

「「ひゃほ――い!!」」

アイテムゲットだぜ――!!

ドドド!!　と砂丘を駆け下り、魔物にとりつく二人。

………やっぱ冒険者はこうでなくちゃ。

遭難！　遭難！　と騒いでいたくせに、リズもこの束の間だけは絶望を忘れてホックホク。

徐々に水位の下がってきた水を物ともせず、二人は魔物を解体し、いくつかの希少部位と奴らが落としたドロップ品を回収した。

結果…………。

ジャキジャキジャキジャキジャキ——……。

チ——————ン!!

回収品の総計
ニャロウ・カンソーの頭部×1
ニャロウ・カンソーの腕×1対
ニャロウ・カンソーの心臓×1
獄鉄アリジゴクの甲皮×1
獄鉄アリジゴクの牙×2
鋼鉄ヒヨケムシの食腕×4
インフェルノスコーピオンの毒腺×5
インフェルノスコーピオンの爪×3
インフェルノスコーピオンの甲皮×1
ゴールデンスカラベの金糞×少量
ゴールデンスカラベの甲羅×1

ヒュージサンズワーム
砂亜竜の牙×4
砂亜竜の角(つの)×2
砂亜竜の甲皮×1
砂亜竜の逆鱗(げきりん)×1
砂亜竜の肉×少量
砂亜竜の心臓×1
砂亜竜の魔石×1
サンズヘッジホッグの針×10
サンズヘッジホッグの爪×2
サンズヘッジホッグの牙×2
グングニル×1
トリアイナ×1

「はー……採(と)った取った」

「とったどー！」

二人でニッコニコ！

懐(ふところ)がホックホク!!

「「あはははははは！」」

ロープでドロップ品をひとまとめにして、汗をぬぐったグエンとリズ。

そして、二人して砂丘に上がってぐったり。

小山のようになったドロップ品の山を見て、少し誇らしげだ。

リズ曰く、どれもこれも一級品らしい。

「いやー。集めたなー……。もう少し探せば、連中が貯め込んだドロップアイテムとか宝箱があるかも？」

「も、やめときましょ。砂漠はあいつらのフィールドだし、水を吸ったあとの砂漠の泥濘化はやっかいよ」

そう言って、顎で示すリズ。

なるほど。

確かに目の前の砂漠には保水力がなく、水はグングンと吸い取られていき、今や砂丘の下はドロドロの泥濘と化していた。

とはいえ、あれも強烈な日差しですぐに乾ききってしまうのだろうが……。

そして、その束の間の泥地獄は、素材を剝ぎ取られた魔物をずぶずぶと呑み込んでいく。

「あー……。アタシの水がー。ドロップアイテムがぁ」

諦めようと言った割に未練がましくモンスターを眺めるリズ。

そのリズの悲しそうな目を尻目に、

った。

「じゃーこんなもんかな？」と、グエンは汗をぬぐうと、ひとまとめにしたドロップ品を背負った。

あ、重いわ……。

「それどうすんのよ……？　つい夢中で集めちゃったけど、砂漠を抜けるには邪魔になるだけよ？」

「え？　そりゃ〜……もちろん持って帰るよ？」

「か、帰るってアンタ……」

はー。と額に手を当て空を仰ぐリズ。

つられて空を見上げるグエン。

宵闇が迫りつつある空には、一番星がひーとーつ。

「グエン。何度も言うけど、ここはどことも知れない砂漠なの」

「ん？　うん。そうだな。まぁ、それはいいから、そろそろ帰るぞ」

「うん、帰ろうか♪　……って！　あー、もう！」

全くの平行線をたどる二人の会話。

さすがのリズも、いい加減にイライラしてきたのか、

「グエン!?　そろそろ覚悟を決めてッ！　現実逃避するのもいいけど、今は二人で砂漠を抜け

——きゃああ!!」

「ほいッ」

ピーピーうるさいリズをお姫様抱っこで抱えるグエン。

その行動にリズが顔を真っ赤にして金切り声を上げる。

「ちょ、ちょ、ちょ！　な、なによ？　放してぇ！」

「あんましバタバタするな、落ちても知らんぞ」

しかし、グエンはそれには全く取り合わず、背にはドロップ品。腕にはリズを抱える。

「ぐ、グエン⁉　きゅ、急になに何ッ⁉　きゃ――――！　も――！　何考えてんのよぉ――砂漠で
・・・・・
そんなことしたら体力を使って死んじゃうんだから‼」

「そんなこと」って、……何を言っとるのかね、この子は――。

「やだ！　変態！　ロ〇コン！　エルフ好きぃ‼」

あー……うるさい。

「って、誰がロ〇コンじゃ‼」

暗殺者という職業の割にギャーギャーと喧しいリズ。

っていうか、この子こんな性格だっけ？

もっとこうクールな感じで……ギルドの懐刀の――。あれ？

ま、

「……いいから黙って、舌を噛むぞ」

「ンぐ……。むぅ！　そんなこと言って――グエン――――‼」

遭難なんかしてないって何度言えば……。まぁいいか。

とにかく見せた方が早い。

「いいから、帰るよ」

「だ――か――ら――!!」

あーはいはい。

というわけで――……。

――実際にやってみた。

すぅ……。

……スキル、光速移動(ファストラン)ッッ!!

第21話「ライトニング！　これがファストランだ!!」

スキル、光速移動(ファストラン)ッッ!!

移動先を思い浮かべ、グエンは一気に加速する。

「ちょっと、グエ――」

腕の中でリズがもぞもぞと動いていたが、それを固く抱きしめると一気に――トゥ!!

――……バヒュンッッッ!!

スッと、グエンの周囲の空気が遮断され、３５９度の視界がほぼ黒く塗り潰される。

だが、たった一点だけ……。

グエンの目の前だけが白く輝いている――――!!

これが光速の世界……!

グエンにだけ見える、光の時間――。

とか、言ってる間に――!!

キ――――――――――――ン!!

「――エンッッ！　放してってば、グエン！　砂漠で…………って、あれ？」

キっっキィイイイ……!!

徐々に速度を落としたグエンは、超低空を這うように駆けていた。

さすがに光速のまま、街に突っ込むと誰も彼も無事ではいられないだろう。

だから、
猛烈な勢いで速度を落としていき、見覚えのある街道に着地すると、地面を盛大に抉りながら停止した。

光速から、亜光速へ。

亜光速から、音速へ。

音速から、亜音速へ。

そして、常人のそれへと――……。

んんんん――着地ぃぃいいい!!

ズザザザザザザザ――――――………!

例の湿地帯を駆け抜け。

件(くだん)の村を通り抜け。

そのまま、辺境の街を囲む城壁の前でピタリと――。

――ザザザザザザザァァァア………!!

……………ピタリ。

停止した位置は、ちょうど城壁を守る番兵の前。

辺境の街を守る門番は、突如(とつじょ)目の前に現れたグエンを見て、二、三度瞬(まばた)き。

そいつが目をぱちくりしている目前で、グエンは、

「や、やぁ――」

「お、おう……」

気安く片手を上げて挨拶(あいさつ)。

しかし、さすが辺境の街の門番。

これしきでは動じない…………はず。

えっと。

「………あー」

「――うー……??」

思考のフリーズした二人が互いに手をかざして間抜けな挨拶を交わしているなか、

「ど、どーなってるの？」

パチパチと目をしばたたかせるリズ。

そしてグエンと番兵が同時に二人の間にいるリズを見下ろしてから、……また視線を合わせる。

えっと……。

「…………へ、辺境の街リリムダへようこそ」

「ど、どうも──」

ポカーンとしているリズを差し置いて二人は平和裏に挨拶を終えた。

「あ、これ。冒険者ライセンスです」

「うむ、通ってよし」

そして、世は事もなし──。

「って、ちょっとぉぉぉおおおおおおおおおおおお!!」

ドカ────ン！　と、
リズが今更ながら叫んでいるが、知らん知らん。

「待ってぇぇえええええええ!!!」

あーはいはい。

そんなこんなで、あっという間に帰還したグエンたちであった。

第22話「よぅ……！　ここであったが百年目……」

ざわざわ

ざわざわ

あっという間に辺境の街まで戻ってきたグエンたち。

リズに至っては、未だに事態が呑み込めないのか、目を白黒させつつも、時折グエンに掴みかからんばかりに質問したり、意味もなく体をぺたぺた触ったりしているが……。

おぅおぅ……。大丈夫かこの子？

「うそ、うそ……。まさかそんな……。ええ？　い、一瞬で街に⁉」

うん。せやで？

「いーえ、嘘よ。……嘘。きっと、嘘よ――。アタシはとっくにニャロウ・カンソーに食われて、カラフルな排泄物になってるのよ」

いや、ちゃうって。

グエンさんのスキルでんねん。

っていうか、排泄物て……君ぃ。

「それとも、砂漠の熱にやられて？……いえ、」

「おーい。そろそろ戻ってこーい」

ぶつぶつ……。

ぶつぶつ……。

あー…………。

だめだ、この子。

頭が状況に追いついていかないらしい。

だけど、リズさん？　そろそろ……。

「……着いたぞ？　中に入るけど、大丈夫か？」

グエンたちが到着したのは冒険者ギルド──リリムダ支部。

例のクエストを受注した場所だ。

だが、リズが未だにぼんやりしているので、グエンは仕方なく荷物を担いだまま、リズの手を引いてその建物の入り口をくぐった。

※　※

カラン、カラーン♪

軽やかなカウベルの音を響かせるそこは、言わずと知れた冒険者ギルドの中。

その、辺境の街リリムダ支部である。

あのニャロウ・カンソー討伐の依頼を出した街のギルドといえばわかるだろうか。

つまり、クエスト完了報告先＆グエンの背負っている荷物の納品先なわけで――。

ざわッ!!!

グエンが足を踏み入れた瞬間、ギルド内が静まり、波打ったようにひそひそ声が伝播する。

「お、おいおい……！　見ろよ、皆ッ！　グエンだぞ!?」

（ん?? なんだ……？）

ざわざわっ!!

「え？　あ、あれ？　グエンって……それにあのリズって新入りも？」

「嘘だろ!?　し、死んだって、ついさっき……!?　え？　どゆこと？」

ざわざわ
ざわざわ
「な、なんか注目されてるな……。いや、それにしてもリズ、いい加減――」

「え？　あれ？　ここ、ギルド??」

し――――――ん
一瞬だけ静まったギルド内が、再び喧騒に包まれる。

その空気を敏感に感じ取ったのか、ようやくリズの目に光が戻る。

しばらくキョロキョロしたかと思うと――。

今の状況をなんとか認識したらしい。

「大丈夫か？　状況理解できてるよな？」

「え、ええ。完璧とは言えないけど、アンタが規格外の奴だってのはなんとか、ね」

頭を押さえながらリズが頷く。

色々言いたそうだが、深く考えないようにしたらしい。

うん、結構結構。

じゃあ、そろそろギルドに報告を――。

「あ」

誰かの困惑したような小さな声。

そして、

「ひ、ひぃっ！」

ドサリと尻もちをつく気配。

さらにはカランカラ～ンと、魔法杖が転がる音がそれに続く。

「ん？」

「あらまぁ……」

その時にはグエンも、
そして、
ようやくエンジンのかかってきたリズも気づいた。

一人でボンヤリと入口脇のクエストボードを眺めていたらしい、小さな影……。

新調したらしいローブに、繕い直した三角帽子。

見た目も幼いその少女は――……。

シェイラ……………。

第23話「よぅ……！　シェイラ……」

「――よう、シェイラぁ……」

「ひぃ!?　ぐ、ぐ、ぐ……」

まるで幽霊にでも遭遇したかのように、カチンコチンに体を硬直させるシェイラ。

彼女は、入り口から堂々と二本の足で入ってきたグエンとリズの姿に気づくや否や、一瞬にして顔を青ざめさせて言葉をなくしたようだ。

――あぁ、いい顔じゃないか。

そして、その顔を忘れるはずもない――『星落』（笑）の二つ名を持つ大魔術師さんよー。

そうとも。

この今にも漏らさんばかりのチビッ子こそがッ!!

命を懸けてまで救出してくれた恩人を、無情にも見捨てていったクソ恩知らず。

誰あろう、
もちろん、『光の戦士』のシェイラだ。

もう、いっそのこと二つ名を改名し『恩知らず』にすればいい。

──なぁにが、「ごめんね、グエン……！」だ！

ゴメンで済んだら、衛兵はいらねぇんだよ‼

「……しばらくぶりだな」

「う、うそ………」

グエンを下から上まで眺め、そして再び顔を見つめて──真っ青になるシェイラ。

「うそ、うそうそッ‼　ど、ど、どーやって⁉」

先ほど取り落とし、足元に転がった魔法杖が騒々しい音を立てていても気づかぬほどだ。

「──……ほ。ほんとに、ぐ、グエン？」

顔色はもはや、蒼白から土気色。

そして、今は真っ白になるほどの変わりようで、ガタガタと震えている。

「あ、あ、あ………」

あ──。

シェイラは尻もちをついたまま、ズルズルと後ずさる。まるで、イヤイヤをするように力なく首を振って。

足に力が入らない様子がありありと見て取れた。

「……どぉ～したんだよ？」

グエンはわかっていながら、聞く。

あえて聞くことについて、根性が悪いと言われればそれまでだが、こんなに動揺してくれるんだ。もう少し反応を見ても罰はあたるまい。

「ぁ、あぅあぅ……」

そのまま、何度も何度も首を振るシェイラ。

そして、

「グ……グエン、い、いいいい、生きて……？」

「――あ？」

生きてる………………だと？

「ふ……ッ」

ふふふ。

ふふふふふふふふふふふ……。

「ひっ！」

突如、怒気混じりの含み笑いを漏らしたグエン。その顔といったら――！

その表情をまともに直視してしまったシェイラが悲鳴を漏らす。

「ひぃいいいいいい！」

今にも失禁せんばかりに、顔を青ざめさせているが……、くくく。

いいねいいね、その表情ぉお。

「あはははははは、」

あーはっはっは――――。

「ぐ、グエン？　アンタ………」

呆れたような顔のリズと対照的に、シェイラは滑稽なくらい怯えている。

「ひあぅ……！」

だが、リズは邪魔をしない。

彼女とて、見捨てられたのは同じなのだから……。

「――生きてるかってぇえええええ!?」

はっはぁぁ――!!

そりゃあ〜、生きてるともさ。

ニ――――ッコリと、笑うグエン。

そして、その表情のまぁー凶悪なこと……！

その凶貌な顔をまともに直視したシェイラは、ついに口をわななかせながら、

「ご、ごめ――」

「――あ!?」

ゴメンっつったか、今？　ああぁん!?

「おぅおう、おぅおう——聞こえねぇよ……！」

んぉおう？

「だ、だから——ご……」

ははは、今さら何を言うつもりだ？

今さら、どうするつもりだ？

あはははははははは————……。

あ————はっはっはっはっはっはっはっはっは!!

「ははははははははははははははは！」

グエンの豹変ぶりに卒倒しかねないほど、シェイラは怯えている。

だが、グエンはむしろその様子を楽しみ、

舌なめずりせんばかりに見下ろすと、

——おう、ごらッ！

ダァン!!

と、床を激しく踏み叩き。

「よぉ——………シェイラぁぁあ。今さら何を宣うつもりだ？　あぁん!?」

「ふえええぇッ………！」

怯えたシェイラをさらに追い詰める。

……さーて、どうしてくれようか!?

第24話「よぅ……！　教えてくれよ」

シェイラぁぁぁあ……。

シェイラ、シェイラ、シェ────ィラぁ。

「ひッ、ひぃ、ひぃぃぃ……」

ゆっくりとにじり寄るグエンに、怯え切ったシェイラはさらに後ずさる。

しかし、すぐに背後は壁となり、彼女は頭をゴツンとぶつけて完全に逃げ場を失ったと気づく。その時にはすでにグエンはシェイラの前で中腰になっていた。

二人の距離は近く、互いの吐息すら感じられるほどだというのに、そこには色気めいた空気など一切ない。

それどころか──。

「よぅ……」

──ドン!!

シェイラの顔の横に腕を突き出し、グエンは壁に手をつく。

衝撃で、シェイラがさっきまで眺めていた依頼板から依頼の紙が数枚パラリと落ちた。

いわゆる壁ドンなのだが、誰がそこに色恋を想像し得ようか――。

グエンは壁に手をつき、まるでシェイラを捕食するように壁と自分との間に彼女を拘束すると、

「久しぶりだな――……ってほどでもないか？　いや、それにしても元気そうだなぁぁあー、シェイラぁぁ……」

空いた片方の手で、シェイラの顎を摑み、目を逸らそうとする彼女を逃さない。

しっかり目を見ろと言わんばかりに固定して、ゆ～～～っくりとシェイラを睥睨するグエン。

「グエン……周りの人も見てるから、その――」

その様子を「あちゃー」といった顔で見ているリズ。

彼女だって見捨てられたのには違いないというのに、グエンほどの恨みはないらしい。実際に手をかけたわけではないし、あの状況なら逃げても仕方がないと、リズは思っているのだろう。

ま。

もっとも、拘束術式をかけたレジーナと顔を合わせても同じ態度でいられるかはわからないけどね。

「なぁに、時間はかけねぇよ――だろ？　シェイラ」

「はいはい……」と、半ば呆れまじりの声でリズが一歩引く。

やはり、彼女なりに思うところはあるのだろう。決して止めようとはしないだけに、リズの静かな怒りを感じる。

しかし、それを感じさせないのはさすがだ。

いずれにせよ、リズのサッパリした性格は暗殺者ゆえのドライさが原因だろうか？

「……ひぃぃぃぃぃい！」

グエンの声を真正面から受けたシェイラは腰を抜かし、身を竦ませる。

そして、憐れみを誘うように、グエンに懇願するように手を組んで目をウルウルとさせる。

その怯える姿を見て、人知れずゾクゾクするものを感じてしまうグエン。

あんなにも、パーティ内で散々グエンを小バカにしていたシェイラが怯えているのだ。

（ふん……。罪悪感は感じているらしいな）

年相応の子供並みに怯えているシェイラを見て、多少なりとも留飲を下げるグエン。

シェイラはシェイラで、どうやらよほど堪えているらしい。

「ほどほどにね～」

「わ～ってるよ」

そりゃあ……ねー。

ちょっとくらい意趣返ししたって罰はあたらないだろう？

それよりも――。

「で──なんだっけ？」

「ひはッ!?」

「…………よく生きてたって言ったか？　くははは。そりゃあ、おかげ様で──。とはいえ、誰・か・さ・ん・を助けに戻ったのに、まさかそいつに置き去りにされるとは思わなかったけど、──なッッ！」

ダンっ!!

と、わざと大きな音を立てて、もう片方の手も壁に叩きつけ、シェイラを完全に追いつめたグエン。

その音と、グエンの表情に怯え、ビクリと震えて縮こまるシェイラ。

「ひぃぃ……！」

床に落とした魔法杖を拾い、体を守るようにプルプルと震えている。

「ご、ごめんな──」

「おかげでッッ!!」

ダァンッ!!

今度は足。

さらに大きな音を立て、一歩踏み込むようにして床を強く蹴ったグエン。

それはシェイラを踏み抜かんばかりの勢いで打ち下ろされた。

「──……おかげで、俺は生まれ変われたよ、シェイラぁ」

「く、くぅ……」

目を閉じて、いやいやをするように首を振るシェイラ。

だが、グエンはそっと彼女の前にしゃがみ込むと、

「――なぁ……？」

またクイっと顎を摑んで無理やり上を向かせる。

だが、それを嫌がってシェイラが顔を背けるも――グエンは許さない。

「……何をそんなに怯えてるんだ？　ちょっとは、喜んでくれよ――」

大切な仲間が返ってきたんだぜ、という皮肉を込めて言うと、

「――も、もちろん!!」

コクコクと首肯し、シェイラは慌てて取り繕うように笑みを作る。

「…………だけどッッ！」

「ひっ！」

ジッと彼女の揺れる目を真正面から見つめるグエン。

周囲が好奇の目で見ているのも、どこ吹く風――。

「――………落とし前はつけてもらうぞ」

ツン!!　と軽く、だが少し痛みを与えるようにシェイラの額を指でつついたグエン。

「痛ッ！」

その感触にビクリと震え、ついには大粒の涙を流すシェイラ。

「ご、ごえん……！」

「ああ!?」

ボロボロと涙を零すシェイラは堰を切ったように謝りだす。

「ごえん!!　ごえんなさい……！　ごめんなざい～」

ボロボロと泣き始めたシェイラを見かねたリズが、グエンの肩に手を置く。

うっとうしそうに振り返るグエンだが、リズはその視線を真正面から受け止めると軽く首を振った。

（もういいでしょ……）と――。

その意味するところは正確にはわからなかったが、グエンとしてもこんなチビをいつまでも追い詰めて楽しむ趣味はない。

それに、同じように見捨てられたリズがもういいというのだ。

グエンだけが意趣返しをするのもおかしな話だ。

ち……。

「…………わかったよ」

……まぁ、どのみち、
もうシェイラたちの逃げ場はない。

ここにシェイラがいるということは、都合のいいことに全員揃っているだろう。

「ふ。ふふふ……」

ならば面白いじゃないか――。

シェイラは謝った。

恐怖に震えながらでも、自分のしでかしたことを自覚しているから謝った。

自分が恐怖に呑まれて逃げたことを悔いて謝った――。

ならば……？

ならば、アイツら三人は――？

グエンとリズを囮にしてまで、逃げようとしたアイツらは⁇

……アイツらなら、一体なんて言うだろう。

「――シェイラ」

「ふぁ、ふぁい!!」

グエンの言葉に過剰に反応するシェイラは、ブルブル震えながらも視線を上げると涙と鼻水でグジョグジョの顔でグエンを見る。

「………てめぇのお仕置きは、ひとまずあとだ。それよりも、まずは――」

そう、まずは――……。

「マナックたちはどこだ？」

第25話「光の戦士(笑)は、驚愕する」

所変わって、ギルドの応接スペース。

ギルドの喧騒から少し遠ざかったここには、ギルドの女性職員とマナックたちだけがいた。

ここで、ボロボロの格好のまま、命からがらニャロウ・カンソーの領域から逃げ帰った『光の戦士』の面々はシェイラを除き、全員でギルドに報告していた。

沈痛な面持ちで、ソファーに腰を下ろしたマナックたち。

今は、ギルド職員と膝を突き合わせて事情聴取の最中だ。

「──というわけなんです……」

「なるほど……」

・・・・・・

クエスト失敗のいきさつを話すマナックたち。

ＶＩＰ専用のソファーに深く腰かけ、深く頷き、深くため息をつく。

「私たちも全力を尽くしました……」

「うんうん」

レジーナとアンバスも相づちを打ち、マナックに同意する。

「そうですか、事情はわかりました……」

調書を作成中の女性職員を前に「ううっ……」と、涙をにじませたマナック。

横に座るレジーナも、ヨヨヨと目を覆って悲しみの姿……。

パーティ一の豪傑男のアンバスだけは、護衛のように壁際に立ち、仲間を見渡せる位置にいる。

そこで仁王立ちになり、一言も発せず下を向いている。

……プルプルと肩を震わせているのは——悲しみのせいだろうか??

「そうですか……。グエンさんとリズさんが——」

マナックにつられるように「ウウッ……」と涙ぐむ女性職員は、目を真っ赤にしながらも調書を取りまとめていく。

「はい。ぐすん……。——先ほどお話しした通り、俺たちも全力は尽くしました。で、ですが、どうしてもグエンたちを救うことはできませんでした……」

「ええ、ええ……」

顔を伏せ、男泣きするマナックに、ギルド職員も嗚咽を漏らす。

どうやら、彼女は個人的にリズと親交があったらしい。

ハンカチを取りだし涙をぬぐう。

その隙をついて、クエスト失敗の顚末書にチラリと目をやったマナックは、すばやく文面を読み取り、内心でにやりと笑った。

（へ……。ぜんぶ信じてやがるぜ）

調書に躍る文面はマナックの供述通り。

（うまくいきそうね……）

（あぁ、リズのミスなら、俺たちの落ち度じゃねぇ。これで違約金は払わなくていいだろう。それに、隠蔽もばっちりだ）

ひそひそと言葉を交わすマナックたち。

……どうやらギルドが斡旋したリズと役立たずのグエンに全責任をおっ被せることでうまくまとまりそうだ。

（うふふ。まさか、グエンがこんな形で役に立つなんて）

（ちげぇねぇ。リズだけの死亡ならギルドも疑いを持っただろうけど、旧来の仲間が死んだんじゃ嘘とは思うまい）

ギルド職員に気づかれないように薄く笑い合う、マナックとレジーナ。

アンバスは一層肩を震わせている。

それにしても彼らはなぜ嘘の供述をしているのだろうか？

それは単純な理由。

お金と信用の問題が念頭にあるからだ。

なぜなら、

……クエスト失敗は違約金を伴うのが常である。

依頼料の何割かと、
そして、ランクアップに繋がる貢献度。

これに大きく影響を及ぼすのだ。

しかし、事情があればその限りではないという。その事情にあたるのが、ギルドの落ち度や、やむを得ない不測の事態などなど。

ここで、マナックが画策しているのは、ギルドの落ち度にすることだった。

そのため、リズとグエンにクエスト失敗の責任を押しつけようとしているのだ。

だが、ギルドとて甘くはない。

キチンと取り調べて判断を下すのだ。

そのための事情聴取。

しかし、マナックたちは巧妙だった。

つまり、グエンかリズだけが死んでいたなら、『光の戦士』のクエスト失敗は明白であったろうが、古株と新人が同時に死んでしまったのだ。

マナックたちの話の信憑性はいやがおうにも増す。

つまり、マナックたちは自身の保身のためにでっち上げ工作を行っているのだ。

——どうせ証拠はない。

この調書だけが明確な証拠というわけ。

目論見が成功しそうな雰囲気に、ニヤニヤとした顔を隠せないマナックたちであったが、そこに――。

突然、ギルド内の広場が大きな喧騒に包まれる。

ザワッッ!!!

その喧騒は収まらず、さざ波のようにギルド中に響き渡った。

「(ち、うるせーな……)」

マナックが、思わず呟いた一言にギルド職員は顔を上げると、

「はて？　――何かあったのでしょうか？　今、グエンさんの声が聞こえたような気がしたのですが……」

目を腫らした顔で、首をかしげるギルド職員。

「え？　は、ははっ！　そんなはずありませんよ、二人の最期はこの目でしっかり――」

「ええ。私もあり得ないと神に誓えますよ。あの二人は勇敢に……そして、惜しくも天に召されました。私もこの枢機卿の名において――」

「うんうん」

マナックとレジーナが揃って、あり得ないと言い切り、アンバスも頷き同意する。

――そう！

「「大事な仲間のグエンは勇敢な最期でした！」」

目をキラキラと輝かせながら、グエンを思う『光の戦士』たち！

そのパーティの名が示す通り、まさに光。

輝かしい実績と、光のごとく清らかな――。

「――誰が勇敢な最期だって？」

にょきっと顔を出した、
我らがグエン…………。

って――!?　グエン!!?

「「「え？」」」

「よぉ！」

「ただいまー」

と、
死んだ男がひょっこりと。

ついでに、死んだ女もひょっこりと。

カチーンと硬直したマナックたちの前に元気な姿で現れた。

勇敢な最期を迎えた我らがグエンの帰還(きかん)……。

パッカーと口を開けた三人は、思わず。

「ま、まままままま、マジ？　うそぉ!?」

「え、ええ!?　じ、じじじじょ、ジョーク？」

「ほ、ホワイ!?　リアリィ??　ふぉぉ!?」

おーおーおー。

三者三様。楽しい反応だねー……。

くくく……。

マナックよぉ――。

「よぉ……」

これから、なんて囀(さえず)ってくれるかな。

「――帰って来たぜ……。光の果てからな」

ま、
ま、

「「――ま、マジまんじぃぃ!?」」

第26話「よぅ……!　ただいま」

※　ほんの少し前　※

——マナックたちはどこだ？

そのグエンの言葉に反射的に目を逸らそうとするシェイラ。

だが、ぐっとそれを堪えると、

「あ……。あ、あっち——」

シェイラが目を泳がせながらギルドの奥を指さす。

すると、その指先を畏れるように、

ササーと、周囲に群がっていた冒険者たちが、波が引くようにして逃げる。

興味はあるけど、巻き込まれたくないとばかり、シェイラの指さす方向から離れた。

好奇心で見守る冒険者の面々も、ＳＳランクパーティのいざこざに巻き込まれてはたまらないと思っているのだろう。

それにしても——あっちって……。

あまり馴染みのないギルドのため、グエンはリズに目配せする。

「……あー。あそこはギルドのＶＩＰ専用ね」

そう言って、無感情に肩を竦めるリズ。

そういえば、リズはここのギルドから斡旋されて来たんだったな。

最近のことだが、ずいぶん前に感じる。

リズ曰く、たまたま近くで仕事があったから立ち寄っただけらしいが、少なくともグエンよりは見知っているらしい。

「へー、ＶＩＰ専用、ね」

なるほど。

ギルドから、肝いりで紹介されたメンバーなだけに、リズはギルド内部に詳しいようだ。

というか、今更ながらリズって何者なんだろう⁇

ただ、パーティを探していただけという割には、聡明だし、なにより腕が立つ。

ギルドの斡旋なんか受けなくても引く手あまただろうに……。

「どーすんの？　まぁ、聞くまでもないだろうけど」

「そりゃあ………」

決まってるだろうに――。

「いいけど、調度品には気を遣いなさいよ。ＶＩＰ専用スペースは家具だって、かなり高いのよ？」

ほーん。

「――へぇ。人様を見捨てておいて、ＶＩＰ扱いで優雅にお茶か……」

グエンの皮肉に、リズも薄く笑う。

「……おまけに、仲間のシェイラは一人で荒らくれ者の多いギルドのエントランスに放置っと。

――マナックたちは、どうやら、いよいよ本気で腐ってるみたいね」

その言葉を聞いて、シュンとしてしまったシェイラ。

そう言えば、一人でポツネンと放置されていたな？

いくらＳＳランクパーティの魔法使いとはいえ、シェイラも「女子供」だ。

こんなむさ苦しい空間に放置していいはずがない。

……………ま。グエンの知ったことじゃないけどね。

「あ……。ぐ、グエ――」

「行くぞ、リズ」

「はいはい。あんまし、もめごと起こさないでねー」

うるせー。

落とし前をつけに行くんだよ。

グエンはリズを伴(ともな)い、冒険者の壁を割ってノッシノッシと歩いていく。

向かう先は愛(いと)しき仲間のおわす場所――ギルドのＶＩＰとやらのおわす場所へ…………。

ははははは。

「――誰が勇敢な最期だって？」

第27話「よぅ……！　どーなってんだ、あ⁉」

「ま、まままままま、マジかよ⁉」

「ぐ、ぐぐぐぐぐ、グエン――さん⁉」

「げ⁉　な、なんで生きてんだテメェ⁉」

驚愕(きょうがく)の三人。

ざわざわ
ざわざわ
好奇の眼差(まなざ)しで、ギルド中の冒険者が集まる。

そして、

「ちょ、ちょっとちょっと！　これは、何の騒ぎですか⁉」

喧騒(けんそう)を伴(ともな)ってVIPスペースに乱入してきた二人に驚いて、ギルド職員が立ち上がる。

「よぉ、マナック。それにレジーナに、アンバス」

「ただいま。報告には、遅れたかしら？」

周囲の喧騒など知ったことではないとばかりに、グエンたちはパーティションで区切られた応接スペースに乗り込んだ。

そこには、当然ギルドの職員もいて――。

「え、う、嘘(うそ)……？」

リズとグエン。とくにリズのその顔を見た途端(とたん)、ギルド職員は硬直した。

なにせ、そこにいたのは、たった今死んだと聞かされたグエンたちだ。

その後ろには、すでに冒険者の人だかりができており、シェイラも泣きそうな顔でショボリとついてきている。

「え？　え？　え？」

そして、この事態についていけないギルド職員は顔面中に「？」をつけて、グエンたちとマナックたちの顔を何度も見比べている。

「り、リズ……さん？　──う、うそ!?　…………なんで？　だって、さっき、」

「──あ。ティナ」

リズがようやくギルド職員に気づく。

そして、その姿を見て、声を聞いた途端、ギルド職員のティナは手に持っていた書類をバサリと落とす──。

そして、まるで信じられないものを見るように目を見開くと。

「り、リズ…………さん？」

「うん、ただいま」

辺境の冒険者ギルドの紅一点(こういってん)。

美人受付嬢のティナは、ポロリと涙を一滴流したかと思うと、「リズさぁん！」と猛烈な勢いでワンワンと泣き始めた。

「リズさん！　リズさん！　リズさぁぁぁああん!!」

リズの小さな胸に向かって、親の仇(かたき)にドスをぶっ刺すような勢いでティナが特攻する。

ドズゥゥン……！　それをモロに喰らったリズが「げふぅ！」と、大げさなくらいに仰け反る。

だが、さすがはリズ。なんとかかんとか、かろうじて彼女を受け取めていた。

「お、おっふ。中身が出る——。って、あー……わー……。ティナ落ち着いて……」

顔面を鼻水と涎だらけにして泣きじゃくるティナ。

それがリズの装備にデローンと付着して、彼女の顔が引き攣っている。

「うっく、ひっく……。だってだってー！　マナックさんが帰還して早々、リズさんたちが死んだって……。リズさんのミスとグエンの裏切りでパーティは壊滅したって。そう言っててぇえええぇ!!」

……あ？

いま、なんつった⁇

う、

「裏切りだぁあっ⁈」

チラっとシェイラを見ると、その視線を受けた彼女がビクリと震える。

（なるほど、そういうシナリオか……）

視線を戻し、マナックたちを見やると——

「「…………」」

マナックたちは一斉に顔を背ける。

「おい……」

グエンの低い声に目を逸らしまくって、不自然な挙動をする三人。

どうやら、二の句が継げないようだ。

「……うぅぅ。ぐすん。でも、よがっだ――――!!　いぎでででよがっだ――――!!」

ぐりぐりと頭をこすりつけ、ワンワンと大声で泣く受付嬢――ティナにリズが困った顔をしている。

「え〜っと、助けて？」

なんで疑問形やねん。

「えっと……。ティナさん？」

とりあえずリズが困っていそうなので、離れるように言おうかと。

「リズさん、リズさぁぁん！　くんかくんか」

あ、聞いちゃいねぇ。

「良かった良かった！　生きてて良かったですぅ！　――偵察活動のミスの責任を追及されて、そのバツとしてグエンのくそボケに手籠めにされて、誘拐された挙句に、魔物に食われたって聞いて……私、」

「…………………をい」

ビクリと震えるマナックら三馬鹿軍団。

「――おまけに、グエンが装備を持ち逃げして、パーティの寝込みを襲ったって聞い、て」

――うほ！

変な笑い顔になるグエン。

「最後に、ニャロウ・カンソーを仲間に押しつけようとして、間抜け（まぬ）にも自分が食われたって、リズさんも巻き添えだって聞いて――」

「…………ほっほう!!」

「え、でも、え？　…………って！　グエン!?」

「――おっす」

ワンワン泣いていたティナがようやくグエンに気づく。

そして、リズとグエンの顔を交互に見ると――……。

「し――」

し??

「死ね！　この女の敵ぃぃぃぃい!!」

ジャキィイイイン!!　と、どこから取り出したのか、折り畳（たた）み式の特殊棍棒（軍用警棒）を取り出すと大上段に振りかぶってグエンに振り下ろす！

「うぉぉお!?」

「てりゃぁぁあ!!」

受付嬢とはいえ、さすがは筆頭――そして、辺境のギルドの職員なだけはある!!

「うぉ!?　ちょ!!」

危ないところを掠める棍棒!!

その頃にはようやくリズも正気を取り戻して……。

「は!?　って!　——ちょ、ちょっと!　ティナ何やってんのよ!!」

「あうち!　この女の敵ぃぃい!」

ブンブンと棍棒を振り回すティナ。

危なっかしくてしょうがない。

「ちょっと落ち着いてよティナ。見ての通り、アタシは無事よ」

「くそぉ!　このぉ!!　死ねぇぇえ——って、あれ?　そ、え?　あ…………………。そ、そうです、ね」

ガランガラーン……!　と、金属製の棍棒を落としてティナが深呼吸をする。

たしか、この人はこれでいて辺境の街の筆頭ギルド受付係だったよな。

この話しぶり、

そして反応を見るに——……。

すぅ……と視線をマナックに向けるグエン。

——ニッッッツッッコリ。

「…………よぉ、帰ってきたぜ。御・大・層・な・報・告は済んだのか?　——マナック」

第28話「よぅ……！　もう一回言ってみろよ」

「ぐ、グエン……だと。ほ、ほんもの、か⁉」

まるで死人に出会ったように顔を引き攣らせるマナック。

顔色は蒼白で、今にも卒倒しそうだ。

そして、このクソアマも。

「――う、うそ……。ど、どうやって？」

「よぉ？　――その節はどーもぉ！」

神に誓って大嘘をついた枢機卿のレジーナさんも驚愕している。

「て、てめぇ……！　あの傷でどうやって⁉　俺は確かに――」

「おうおう、痛かったぜぇ？」

アンバスは信じられないものを見る目だ。

しかし、

頭が脳筋ゆえ、つい口を――。

「ば、ばか！　だ、だだだ、黙ってろ‼」

「しゃべんじゃないわよ、このうすらデカ!!」

思わず！　ポロリと本音の出たアンバス。

それを周囲は、バッチリ聞いている。

「あの傷??」

途端に胡乱な目つきになるティナ。

「そうだ！　テメェみたいな雑魚が動けねぇように、しっかり足を!!」

「おい!?　アンバス！」

「黙れって言ってんでしょ!!」

おーおー。

仲間が必死だぜ。

「……はは！　俺は『パシリ』なんでね。ちょっとしたケガくらいでピーピー言ってらんねぇんだよ——っていうか、お前さっきから見てたが、泣いてるふりして笑ってただろ」

「んな!?　このパシリが！」

「でも、頭が悪いから、マナックに黙って突っ立ってろって言われた口か?」

くくく。

こいつホントに馬鹿だからな、挑発すれば勝手にさえずるさ。

「んっだと、この野郎！　もう一回ぶっ刺してやろうか!!」

痛いところを突かれたアンバスが激昂し、剣を抜こうとする。

だが、それより素早く、

「黙ってろって言ってるだろうが、でくの坊ッッ!!」

「死ね、筋肉だるまッッ!!」

思わず立ち上がったマナックと、
たまらず跳ね起きたレジーナ!

——バァアン!!

二人が憤怒の表情でアンバスを壁に叩きつける。

「す、すまん……」

衝撃と、マナック、レジーナの鬼のような形相にすごすごと引き下がるアンバス。

「くくく……」

それにしてもひどい言われようだな……。

ええ、おい?

「………えっ〜と、マナックさん——今の・は・ど・ういう意味ですか?」

ギック————ン!

と、顔を引き攣らせるマナック。

だが、ギルド職員は甘くはない。

リズに縋りつきながらも、ティナは胡乱な目つきをマナックに向ける。

「——『もう一回ぶっ刺す』とは??」

「い、いや――そ、その」

「え、ええ。そ、そのぉ……」

ティナの目を見ることができずにマナックはタジタジ。

レジーナもダラダラと冷や汗をかく。

「ふむ……『もう一回』ですか――」

ダラダラダラダラ……。

「あぅあぅあぅ……」

もはや、青いを通り越して黒い顔色のマナックたち。

だが、ティナは容赦しない。

先ほど泣きじゃくっていた様子などどこにもなく、口は笑っているが眼が全く笑っていない恐ろしい表情で追及する。

「ど・う・い・う・こ・と・で・す・か・?」

じっとりと、睨むティナの視線に、顔を引き攣らせたマナックたち。

そして、レジーナの顔といったら――まぁ、ぶっさいく。

「あわあわあわ、ああああ――あれだ！　あれ！」

「そそそそ、そう、そうよ！　あれよ！」

なんだよ、あれって……？

「あれとは？」

はい、ナイスつっこみティナさん。

「あれはあれだ！　あれー？」

「あは、あははははは。ティナさん？　あれはあれです」

「はぁ？　つまり、誤魔化したいのですか？」

ドキリ！　顔を硬直させる三馬鹿。

とくに、二人が必死で誤魔化してるのに、口を滑らせた当の本人、アンバスはバカ面を晒している。

パカー……と開けた口の端から涎が一筋。

表情筋がお仕事をしていない様子だ。

「…………ふーむ。どうやら随分、報告に虚偽が含まれているようですね」

トン！　とわざと音を立てて書類をテーブルに置いたティナ。

ギクリと身を震わせるマナックたち。

ギルド職員であるティナに指摘され、冷たい視線を向けられると、もはや見ていて滑稽なくらい脂汗まみれだ。

小さく咳払いしたティナは、マナックたちの調書をパラリとめくると、
えー。

「――では、最期を目撃し……かつ、はっきりと神に誓って、間違いなく死んだと証言してくれたレジーナさんも交えて、その死んだはずのお二人も交えて調書を作り直しましょうか？」

――ニッコリ。

不気味に笑うティナに、マナックたちが震えあがる。

絶対逃がさねぇぞ！　と、その目が言っていたのだから――。

第29話「よぅ……。これを見たかったんだろ？（前編）」

「――……というわけです」

「……な、なるほど」

顔の色を失ったマナックたちを尻目に、グエンはティナに向けて、あのニャロウ・カンソーの領域で起こったことの全てを報告し終えた。

もちろん、マナックたちが黙って聞いているはずもない。

鬱陶しいくらいに、途中であーだこーだと茶々を入れたり、真っ向から反論したり……。

しまいには、途中で激昂したアンバスが何度も剣を抜こうとする始末。

だが、さすがにそれだけは全力で押しとどめるマナックたち。

「放せ、この野郎」と、それでも構わず、アンバスは幾度となく割り込もうとしていたが、テイナは涼しい顔と絶対零度の眼差しでそれを眺めていた。

「やれるもんなら、やってみなさいよ」

ティナはずいぶんと余裕ありげにしているが、それはここがギルドだからだろう。なにせ、ギルド内での職員への暴行は重罪である。

仮にティナに小さな傷一つつければ、世界中のギルドからお尋ね者指定だ。それは、いくらＳＳランクでも免れない。

「「「ぎぎぎぎぎぎぎぎぎ……」」」

それをわかっているらしいマナックとレジーナは、ついに諦めたのか、先ほどから一言も発していなかった。

数枚にわたる調書。

ティナもさすがに疲れを見せていたが、ようやくペンを止め、事情聴取を締めくくった。

そして、大きくため息をつくと、

「──それにしても、まぁ……よくぞご無事で。リズさんも……」

額を押さえたティナが、もうお腹一杯といった様子で天井を仰いでいた。

一度目の、マナックたちから取った調書に、赤字で修正やら注釈を記入していたが、あまりにもそれが多すぎて、
ついには、それでは間に合わず、結局新たに調書を取り直すことになったのだ。

それくらいにマナックとグエンでは、言うことが乖離しているのだ。

事の発端から結末まで。

まー…………それはそれは、内容も、マナックのそれとはまっっったく異なるもの。

グエンはグエンで、一部、称号「光」のことは省略しつつ報告した。

言っても良かったのだが、

どっちみち理解できないだろうし、するとややこしい。

何より、マナックたちに手の内を明かさないためでもある。

そのため、グエンの調書もマナックに負けず劣らずかなりぶっ飛んだ内容になり、どっちもなかなか甲乙つけがたい状態だ。

「うーん……」

ティナが困った顔で天井を仰ぐ。

だが、グエンは何も心配はしていなかった。

なぜなら、マナックとグエンのそれ──その違いは、「虚偽」か「真実」か、だけだ。

そのせいか、ティナは額を押さえて悩む羽目に。

「なんというか、ほとんど小説ですよね？　これ……」

ティナは苦笑いを浮かべて、グエンたちを見回す。それでも投げ出さないところをみると、どこかに確信があるらしい。

それでも、リズの補足がなければ、グエンの言う報告だって荒唐無稽な作り話にしか聞こえなかっただろう。

だって…………。

「――くっくっく……」

その時だ。

今まで沈黙を守っていたマナックが、低い笑いを漏らす。

それに同調するかのように、レジーナもクスクスと含み笑いを浮かべた。

「くすくすくす……。あーらら」

二人が突如様子を豹変させたことにアンバスだけがついていけずに、「え？　お？　あ？　えへへへへ」と、とりあえず追従笑いを始めたころには、マナックたちはいつもの不敵な態度に戻っていた。

「…………何がおかしい？」

その様子に、若干苛立ちを覚えるグエン。

正直、同じ空間にいるのも腹立たしいが、まずはここで決着をつけようと堂々としているのだ。

だが、そこに挑発的なマナックたちの態度。

「はは！　何がおかしいだぁ？　はっはっはっはぁ!!」

「おっかしいわよぉ――――おーっほっほっほっほぉ!!」

聖女の顔をかなぐり捨てたレジーナが高慢ちきな笑い声をあげた。それにマナック、アンバスも調子を合わせて、三人がゲラゲラと笑い始めるではないか。

笑っていないのは、

グエンたちと、ティナと――その三人の様子に、いつの間にか応接スペースの傍にいてオロオロとしているシェイラだけ。

（……なんだこいつら？）

「おかしいところでもあったか？　ああん⁉」

グエンがゆっくりと凄んでみせるも、マナックたちは余裕の表情。

「だってよぉ、」

「ねぇぇぇ……」

ニチャア、と笑うマナックたち。

そして、

「お前がニャロウ・カンソーを倒しただぁ⁉」

「おまけに、伝説の槍と銛もですってぇ――‼　クスクス」

「ありえね――――！　ギャハハハ」

「「証拠もね――――くせによ――――！」」

ぎゃ――――はっはっはっ‼

……………………………あ？

第29話「よぅ……。これを見たかったんだろ？（後編）」

あ？

（……コイツらは何を言っているんだ？）

リズと顔を見合わせたグエン。

彼女も、軽く肩を竦(すく)めるだけ。

そりゃそうだ。

「ぱ、パシリのグエンがニャロウ・カンソー倒したってよー！」

「あははは！　ちゃんちゃらおかしいわー！」

バッチリのタイミングで、可笑(おか)しげに笑うマナックとレジーナ。

「──そんでもって、砂漠のA級以上のモンスター倒して、素材を持って帰ってきただぁぁあ!?　ぎゃははははは！」

「──うっふふふふ、おまけにこの短時間で生還(せいかん)ですってぇぇえ!?　おーっほっほっほっほ!!」

ゲラゲラと笑う二人。

「「ぎゃはははははは！」」

そして、ギルド中に響き渡るように、わざとグエンの荒唐無稽な手柄を明け透けにする。

「そんなにおかしいか？」

「さぁ？」

グエンとリズはまた顔を見合わせる。

どうやら、マナックたちはグエンの報告が自分たちのそれに負けず劣らずの虚偽報告だと思い込んでいるらしい。

それをこれ幸いとばかりに、自分たちの虚偽報告と絡めて、どちらも有耶無耶にしてしまうつもりなのだろう。

なるほど、

追い詰められたマナックたちからすれば、グエンの一見して荒唐無稽な話は僥倖に見えたのかもしれない。

（はは……。好きに笑えばいいさ）

なにせ、マナックたちのやったことは黒も黒。

真っ黒だ。

ただ単純にあの地で起こったことだけを端的に報告されてしまえば、彼らの冒険者人生は終わりだと思ったのだろう。

なんたって、

——仲間を攻撃し、囮にして逃げたばかりか、ギルドに虚偽報告。

しかも、誰も現場を確認できない魔王領の奥地であることを見越した悪質な犯罪だ。

本来なら、それはそれは、とんでもない重罪になるはずだったのだが…………。

「ひゃひゃひゃ！　おかしくって涙がでるぜ！」

「ほーんと、グエンさんお笑いのセンスあるわ」

――あーそー。好きに言ってくれ。

グエンの呆れ顔をどう思ったのか、マナックたちは顔をニヤニヤとさせると、勝ち誇る。

そして、何をそんなに喜んでいるのかといえば、

……まぁ、おおよその想像はつく。

マナックたち視点でいえば、グエンが大法螺を吹き始めたのだ。

ニャロウ・カンソーを倒しただけでなく、
スキルを使って砂漠まで移動して、おまけのその地にいた凶悪な魔物を倒して素材を持ち帰ったという。

「「ぶはははははははは！」」

そんな荒唐無稽な話を誰が信じるというのか。

それならまだマナックたちの話のほうが信憑性がある。

グエンとリズが生きていたという一点を除けば――だけどね。

「ぎゃははは！　嘘をつくなら、もう少しましな嘘をつけよ！」

――お前が、な！

「おほほほ！　きっと、あの激戦ですもの——頭を打っておかしくなったんですよ。かわいそうに」

——頭がおかしいのは、お前だよ！

マナックたちはここが攻め時とばかりに、ゲラゲラと笑いながら次々にグエンを攻め立てていく。

はぁ……。

「なんで、わざわざ俺が嘘をつかなきゃならんのだよ……？」

グエンは呆れまじりで呟（つぶや）くが、それを聞いていたマナックたちはさも楽しそうに——、

「「じゃ——。証拠みせろよー！」」

キャッキャ、キャッキャと喜ぶマナックたち。

「はぁ～…………」

あーそう？

「……駄目だわ、こいつら」

んね。

——グエンは深くため息をつき、リズは大きく頭を抱える。

「おいおい、おーい！　どうしたどうしたぁ？　さっきまでの勢いはよぉ!?」

まるで、自滅してくれてありがとう——と言わんばかりに喜色（きしょく）を浮かべたマナック。

「そーよぉ！　こんなんじゃ、てっきり死んじゃったって勘違いしてもおかしくはないわよね？　ばーか」

「そうだ、そうだ！　証拠だ。証拠ぉ!!」

ゲラゲラゲラゲラゲラ！

おほほほほほほほほ！

うひひひひひひひひ！

「はーい！」

「はーい♪」

「は――――い!!」

パン、パン、パンパンパン♪　と手を叩き囃し立てるマナックたち。

っていうか、三馬鹿。

パン♪

パぁン♪

パンパーン♪

あ、そーれ。

「しょーこー！」

「しょーこー♪」

「ショーコー！」

パン♪

パぁン♪

パンパーン♪

おーおーおー！

ノリノリだねぇ君たちぃ。

はい♪

はぁい♪

はっは〜い♪

おーおーおーー！

のってきたーー！

しょーこ！

しょーこ♪

しょーこーー！

「「「証拠を見せろ――――！」」」

「――あいよぉ♪」

――――ドンッッッ。

「「「しょ…………♪　う、んこ？」」」

マナックたちの眼前に燦然（さんぜん）と。

そして、デーン！　と、テーブルに置かれたのは巨大な生首だった。

未だ鮮度を保ったそれは、ずっとグエンの荷物の上に布を巻かれて鎮座していたのだ。

「「……………ふぁ??」」

デローンと、恨めしげに舌を垂らしたその首は…………。

「にゃ、」

「にゃろう……」

ツヤツヤと光る鱗に、
コンコンとよく響く分厚い骨。

そして、なによりも巨大なリザードマンの特徴を残したそれは――――！

ま、まさか…………。

「「ニャロウ・カンソぉぉぉおおー!?」」

ギルドの手配書にも描かれている、例の凶悪なモンスターの姿絵にそっくり。

「オフコース」

ニッコリ。

密かにリズとハイタッチを決めたグエンは、ニッコリと微笑む。

マナックたちが渇望してやまない証拠がそこに。

SS級指定の魔王軍四天王の一角。ニャロウ・カンソーの、生首であった………。

第30話「よぅ……。これを見て、まだ言えんのか？（前編）」

デー――――ン！

と、テーブルの上に鎮座するニャロウ・カンソーの生首。

この面々なら見間違うはずもない、あの強敵だ。

SSランクパーティを鎧袖一触で蹴散らした魔王軍の四天王……。

それが燦然とテーブルの上にあるではないか。

マナックたちは、『開いた口がふさがらない』のお手本のようにパッカー……と、お口オープン。

「ば、ばばばばばばばばばっば、ばかなぁ!?」

「うぉぉえええええええええ？　うっそぉん!?」

おーおー。いい反応ッ。

マナックとレジーナが腰を抜かさんばかりに見ているし、
アンバスに至っては「あばばばば」とか意味不明な状態になっている。

「……これが『証拠』だけど？　不足か？」

「あば？」

「あばば⁉」

「あ、これもついでに」

さらに、もぎとった腕もついでに置いてやる。

ド――――――ン！

あっばぁ⁉

「「――あばばばばばばばばばば」」

三人とも言語が怪しくなってきた。

あ、腕は二本あるからもう一本つーいーかー。

「ほい。二本目ぇ」

バ――――――ン！

あっばばぁ⁉

「「あばばばばば、あっばー！」」

ついに三人そろって、ソファーごとバターンと後ろに倒れる。

……君たち、息ぴったりだね。

「うわー……。本当にニャロウ・カンソーの首なんですか？」

ティナが改めて首と腕を鑑定。

手配書を見るまでもないほど、凶悪さと禍々しさの溢れているニャロウ・カンソーの遺骸。

おまけに死んでいるのに、この威圧感と悪臭だ……！

漂ってきた匂いにティナが顔を歪める。

「うえッ。こ、これは間違いなくニャロウ・カンソーの首ですね。ということは……」

ティナは口元をハンカチで押さえながら、グエンの調書と見比べている。

おそらく、さっきグエンが話した討伐の状況と照合させているのだろう。

「ふむ……。ふむふむ。――グエンさんの調書にはスキルの発動とともに、上半身を貫いたとありますが、なるほど……。確かに、首から下の痕跡を見る限り、疑いようもないですね」

まぁ、何一つ嘘は言っていない。

つまり、書かれている内容と、この生首や腕の状態に不整合などありえないのだ。

「あば!?」

「あばばばのば！」

マナックとレジーナが起き上がり、何やら抗議？　してくる。

「あっばぁぁあああああ!!」

いや。……言語しゃべれや。

「通訳します？」

ティナが見かねて、提案。

つーか、できるんかぃ!?　何の通訳やねん。

「あばば語」か!?　「あばば語」なのか!?

「ばかな！　ばかな!!　ぶぅぁかぁなぁぁあ!!」

「ありえない！　ありえないありえないありえない！」

なんや、しゃべれるんかい！

グエンの呆れた表情を無視して、マナックたちはぶんぶんと首を振って全力で否定する。

そりゃそうか。

彼らにとっては、この上なく都合の悪い証拠品だもの。

「ないないないないない!!　あのニャロウ・カンソーだぞ！　あの凶悪最強の！」

──いや、マナックお前……。

討伐前に、最初は雑魚とか言ってたじゃん。

「こ、こんなの嘘よ！　出鱈目よ！　こ、抗議するわッ！　ちょっと責任者呼んで！」

──いや、なんで出鱈目やねん。

お前の性格が出鱈目だよ。

キャラ統一せいや。俺が抗議したいわッ!!

「あばばば……。そ、そうだ！　グエンごときに倒せるわけがない！　こいつは偽物だ」

──いや、偽物も何も。

見れば一目瞭然だろうが……。

「「ありえな〜い!!」」

いや、「ありえるぅー」っつーの!!

見事にハモるのは、馬鹿三人。

あーもう！　だんだんうんざりしてきた。

その様子を見かねたティナがズキズキと痛む頭を押さえて言う。

「え～っと。あのー、ですね。今のこの場は、私が責任者ですが、ご不満で……？　それに、あり得ないとか、偽物だとか言いますけどね、マナックさんにレジーナさん？　現にこうして証拠はあるわけで――」

チラリとマナックの顔に投げるティナの視線は、思いっきり蔑んだものだった。

「――そして、あなた方の一連の報告の中で、私たちにちゃんと証明できるものは何かありますか？」

「「「どきッ！」」」

…………そんなものはあるわけない。

「なにか一つでも証明できるものはありますか？」

たとえば……。

「そう、例えば。…………グエンさんが死んだという証拠などは――？」

「「「ぐぅぅ……！」」」

いかにも、痛いところを突かれたという顔をするマナックたち。

ダラダラと滝のように汗を流す三馬鹿。

おやおやおやおやぁ？

さっきまでの勢いは、いったいどこへやら？

第30話「よぅ……。これを見て、まだ言えんのか？（後編）」

「それで、あなた方は何か証拠を出せますか？」

ティナの鋭い言葉。

それに対して、二の句が継げぬマナック。

いかにも、痛いところを突かれたという顔をしているが……。

さっきまでの勢いはどこへやら。

「はーい♪」とか言ってなかったか、お前ら？

グエンのジト目と、
ティナの鋭い視線に晒されるされる。

さすがにこれは、三人で顔を交互に見ては目をキョーロキョロ。

あぅあぅあー……。

「そ、そそそそ、それはだ、な……」

「え、ええええええ、えっとぉ、あはは」

「あはは」じゃねーよ！

見殺しにして、囮にして、味方討ちまでしておいて、抗議も何もねぇっつの！

俺とリズが抗議したいわ！

「お前ら、しょ――」

「う、ううううるさい！　俺たちだって見間違うことくらいある！」

グエンの言葉を絶ち切るように、そう言い切ったのはアンバスだった。

「……あ!?　見間違えだぁ!?」

「は？　はぁあ!?」

グエンとリズが同時に声をあげるも、
マナックもレジーナも一瞬ギョッとしていたようだが、すぐに顔を引き締めた。

もはやこれしかない！　といった様子で、

「そ、そうだ！　み、みみみ、見間違いだ！　ニャロウ・カンソーは毒の霧を吐く強敵だったんだ。そこには幻覚作用も――あ、あったはず！」

「そ、そうよ！　げ、げげげ、幻覚。幻覚なのよ！　あの毒の霧には、幻覚作用があったはずなのよ！　ああ、そうとわかれば、グエンさん！　生きててよかったわ――」

見間違えだあ!?

それに、「あったはず」だぁ……？

ほっほーう？

グエンの反応など関係なく、レジーナが熱い眼差しで見上げてくる。

「ああ！　よかったグエンさん！」

それだけ言うと、レジーナがスックと立ち上がり、グエンにしなだれかかる。

胸部装甲を押しつけるようにして、誘惑にかかりはじめた。

それをムっとした顔で見ているリズがいたが、グエンはあえて無視。

「グエンさーん……」

くねりくねり、と。

それを見たレジーナはいけると判断したのか、グエンに熱い吐息を――……。

「歯を磨け、くそアマ。結構臭うぞ」

「んだぁ!?　なんだと、このオッサンがぁぁ！　誰がゲロ並みに臭えじゃあ！」

……いや、そこまで言ってない。

まぁ口が臭いのは本当だけど、着の身着のままで必死に撤退してきたのだから当然といえば当然だ。

それよりも、
一瞬にして般若の形相を浮かべたレジーナ。

その変貌ぶりに、周囲がドン引きしている。

聖女と名高いレジーナの百面相っぷりに、マナックたちも口をパッカーと開けて驚いている。

「いいから離れろクソアマ。……で、なんだ？　ニャロウ・カンソーが幻覚の毒霧を吐いただあ？　――あのなぁ、アイツにそんな成分ねぇっつの！」

　グエンは自信満々に言い切る。

　最後まで奴と戦闘していたのだ、そんな攻撃はしてこなかったのはこの目で見ている。

「んなこと、お前にわかるか、っつの！」

「そうよ、そうよ！　証拠出しなさいよ、証拠をー！」

「証拠♪　証拠♪」

　はーい！　はーい♪　はっは～い♪

　……こいつら、「証拠」「証拠」うるせぇな。

　そんなに言うなら、まずはお前らが出せよと、言いたいわ！

　ま、

「――いいぜ。幻覚作用のある毒霧つったよな？」

　グエンは少しも慌てず、むしろ見下していた。

　だが、マナックはそれでも動じず、

「おう！　当たり前だろうが！　そうでなければ――」

「あーはいはい」

　みなまで言わせずに、

「――じゃ、ティナさん。この首から毒腺をとりだせますか？　成分を分析すれば……」

　証拠、証拠というなら出してやればいい。

現にここにニャロウ・カンソーの首はあるのだ。

「あー。なるほど。そういうことでしたら、お安い御用で――」

「ま、待て!!」

ティナが解体用のナイフを取り出したとき、慌てたマナックがティナに取りすがる。

それを迷惑そうに見ながら、

「なんですか？　放してください――（うっとうしい）ボソっ」

「そ、その首は、ニャロウ・カンソーじゃない！　解体したって、幻覚成分なんか取れるはずないでしょ！　な、なぁ皆」

「そ、そうよ！　それはニャロウ・カンソーじゃないわ！　た、ただの大きなリザードマンよ！」

は、はぁ??

「お前ら、さっき、「「「ニャロウ・カンソー!?」」」って言ってビビってたじゃねーか」

何を今さら……。

「うるさい！　グエンにニャロウ・カンソーが倒せるわけがねぇ!!」

うんうん、と頷(うなず)き合う三人。

離れたところで見ているシェイラはしょんぼりしている。

「いや。そ・う・い・う判断はギルドでしますんで……」

「い、いや、だから！」

いい加減うんざりといった様子でティナがマナックを押しのける。

「なんなんですかさっきから!!　いい加減往生際が悪いですよ!?　こっちだって、海千山千の冒険者を相手にしてるんです、しょうもない偽証がバレないとでも思ってるんですか!?」

カッ!!

「「「ひょえええええ……！」」」

一喝したティナの剣幕に、マナックたちが震えあがる。

その様子をいい気味だといわんばかりに見ているグエン。

リズはさっきから嘆かわしいと、天井を仰いだまま。

……まぁ、マナックたちが見苦しすぎてね――わかるよ、その気持ち。

「――そ、そうだ！　おいシェイラ!!」

突然、何かを思いついたかのように、マナックがシェイラを呼びつける。

おいおい、次はなんだ？

シェイラがどうしたって…………??

第31話「よぅ……。仏の顔も三度まで、ってな（前編）」

「――そ、そうだ！　おいシェイラ!!」

突然、何かを思いついたかのように、マナックがシェイラを呼びつける。

（おいおい、まだあんのかよ？）

いきなり呼ばれたシェイラは電気が走ったかのように体をビクリとさせると、青ざめた顔でマナックとグエンを交互に見る。

「ぼ、僕？　な、なななな、なに？」

ビクビクとしたシェイラに、

「おらぁ！　お前の鑑定魔法で、この首を鑑定しろ――今すぐだッ！」

マナックはシェイラの首根っこを掴むと、グィィとニャロウ・カンソーに押しつける。

「ひぃ!!　や、やだぁ！」

その途端にシェイラは悲鳴を上げ、バタバタと暴れる。と、同時に口元を押さえる。

どうも、あの時の恐怖でトラウマになっているのだろう。

その様子だけでも、あの首が十分にニャロウ・カンソーのそれだとわかるのだが……。

「お、おえぇぇぇぇッ！」

たまらず、びちゃびちゃと胃液を吐くシェイラ。

よほど、恐ろしかったのだろう。

だが、その様子に構うことなくマナックは耳元で、そら恐ろしい声で呟いていた。

「（わかってんだろうな……！　うまくやらねぇと――）」

「ひぃぅぅう！」

それだけを言うと、「おらぁ！」と、悲鳴を上げるシェイラを床に転がし、マナックは踏ん反りかえる。

「ティナさん！　どうですー？　まぁ、まずは鑑定魔法で見てみようじゃありませんか。それならこの首が本当かわかるでしょう？」

ニィっと笑うマナックに、意図を察したレジーナが追従笑いする。

「そ、そうね！　ギルドの鑑定器より、うちの賢者のほうが腕は確かよねー。ねッ――シェイラ？」

ガシリとシェイラの肩を握って無理やり引き起こすレジーナ。

その様子は、猛禽類が小動物を捕まえる様に実によく似ていた。

「ひ、ひゃぁぁ……！」

そして、ギラリと光るレジーナの目にシェイラの身体が大きく震えだす。

「はぁ……まぁ――……えっと、いいんですか？　グエンさん」

ティナは胡乱な目つきで、マナックたちを見ながらグエンに確認する。

すでに彼女の中ではマナックたちは黒判定なのだろう。ゆえに同じパーティのシェイラの鑑定魔法なんて端から当てにしていないに違いない。

だから、グエンに確認したのだが――。

「いいですよ――と、言いたいとこだけど、別にギルドの鑑定器でもいいのでは？　なぁ、シ・エ・イ・ラ」

「う、うぐぅ……！」

グエンから視線を向けられたシェイラが硬直する。

しかし、やると答えろというマナックたちの視線を受けてシェイラが苦し紛れに首を振る。

「うううううう……。だ、大丈夫……ぼ、僕、で、できるよッ」

グエンとは決して視線を合わせず、シェイラはボソボソと零す。

これは、どう見ても――。

「ほ〜ら！　こう見えてウチのシェイラは優秀なんですよー。それに、ギルドだってほんとのところ信用できるんですかね？」

ニヤァ……。

マナックは口の端を醜悪に歪める。

「…………ギルドが信用できない？　ほぅ、それはどういう意味ですか？」

表情を険しくしたティナがマナックの視線を正面から受けて立つ。

「どういう意味も、何も。俺たちは最初に言ったじゃないですか。リズのミスで窮地に陥ったって――」

そう言って、自らが語った調書のその部分を、コンコン！　と、これ見よがしに指す。

「…………なるほど、そうですね」

チラリと調書に視線を落としたティナ。

だが、それだけだ。ふと視線を上げたティナの目つきはもはや、軽蔑を通り越して、侮蔑のそれ。

しかも、ティナの纏う空気が一層厳しくなる。

「で――⁉　……何が言いたいのですか？」

口調は事務的だが、それは怒りを感じさせた。

だが、マナックは止まらない。

「へ！　そのミスをしたリズを斡旋したのはギルド――……つまり、信用ならないのは、ギルドも同じ。ならばよー、鑑定器に細工をしていないと言い切れますかね。くくくっ」

完全な言いがかりだ。

さすがにこれにはリズも気分を害したようで、怒気が溢れそうになっている。

「言ってくれるわね、マナック。……アタシが鑑定器に細工するって？　それとも、ギルドが？」

「は！　どっちも――かもよ、なぁ！　みんな」

「そうよ！　私も教会の権威に基づき公平を求めます。ギルドの鑑定器の真贋判定は当てにならないと――」

「そうだそうだー！　こうへー、こうへー！」

いや……だったら、なんでシェイラの魔法は信用できるんだよ！

意味わからんわ!!

「…………いいでしょう。そういうことなら、わかりました。では、シェイラさん——お願いしても？」

しかし、もう少し食い下がるかと思ったティナだったが、意外にもアッサリと引き下がった。

ギルドや——リズの名誉までも傷つけられているにも拘わらず、だ。

「お、おい、ティナさん——」

「いいんですよ。グエンさん、ここは任せて——」

ティナに手で制されると、グエンとしては黙るしかない。

証拠を示せと言われてこれだ。

まぁ、いくらシェイラが天才でも、鑑定魔法に手を加えるなんて芸当がそう簡単にできるとは思えないしな……。

「だとよ。おい、早くやれ、シェイラ！…………とーぜん、わかってんだろうな」

「う、うん」

ダラダラと冷や汗をかいたシェイラが魔法を練り始める。

彼女の身体が淡く輝き、魔力が溢れ出てくる。

いつも以上に長い長い詠唱を唱えるシェイラ——。

(俺に魔法をかけたときは一瞬だったのに、えらく長いな……)

じっと、シェイラを見ているグエンは、ふと彼女と目が合った。

その目はまるで捨てられた子猫のように哀れで、助けを求めるものにも見えた……。

見えたけど――――。

グエンはただ一言。

「おい、シェイラ。わかってるのか？　今から、俺はお前がどういう人間か見せてもらうぞ――」

第31話「よぅ……。仏の顔も三度まで、ってな（後編）」

お前がどういう人間か見せてもらうよ――。

「ッ！」

冷たく、
そして、ハッキリとグエンは告げた。

あとは、もう。

ただそれだけを呟きムッツリと黙り込んだグエン。

「ぐ、グエン――。ぼ、僕……」

「おい、シェイラ！　早くしろッ」

その瞬間、苦虫を噛みつぶしたような顔をしたシェイラであったが――……。

「うう……。か(あ)、鑑定魔法(アナライズ)ッッ！」

パァア…………！

シェイラの魔法が発動し、ニャロウ・カンソーの首に当たる。

そして、

ブゥウン……。

と、ステータス画面が魔法により、強制解放。

ニャロウ・カンソーのデータを明(あ)け透(す)けにする……。

☆　『鑑定(アナライズ)』によりステータスを開示します　☆

種　族：ラージリザードマン
体　力：３６５
筋　力：２５５
防御力：４８８
魔　力：65
敏　捷：７０９
抵抗力：56
スキル：コールドブレス、筋弛緩毒(きんしかんどく)、二足歩行、尻尾(しっぽ)切断、再生

☆　大魔術師が、魔法を解除しました　☆

ガクッ——。

「はぁ……はぁ、はぁ」

ドサリと、床に膝(ひざ)をつき、肩で息をするシェイラ。

たかが鑑定魔法で随分(ずいぶん)と魔力を消耗(しょうもう)したらしいが、それよりも――。

「ほ――――ら、見ろぉぉぉお!!」

「偽物(にせもの)じゃな――――い。おーほっほっほ！」

いえーい♪

へいへーい♪

マナックとレジーナが手を叩(たた)き囃(はや)し立てる。

「どーだ、見たか！　これで偽モンだとわかったはずだぜ――つまりよぉ、」

いつも元気なアンバスは絶好調だ。

もちろん、グエンもリズもティナも、内心では呆(あき)れ返っている。

そして、その目は絶対零度(ぜったいれいど)。見るものを仰(の)け反(ぞ)らせるほどに白(しら)けていた。

しかし、

「「コイツは嘘(うそ)つきだぁ！」」

ぎゃはははははははははははは!!

と、空気を読まない三馬鹿(ばか)。

ついには大笑いして床を転げまわるマナックたち。

超見苦しい――。

（あっほくさ……）

だが、マナックたちは空気を読めぬ。

おまけに、

「なーにが、ニャロウ・カンソーの首をペチペチと叩きながら、

「そうよ、そうよ！　ニャロウ・カンソーを倒しただぁ？　ただの、ラージリザードマンじゃねーか」

「そうよ、そうよ！　この大法螺吹き男！　嘘つきは神に断罪されるがいいわ！　おーほっほっほ！」

「てめぇみたいなパシリにニャロウ・カンソーが倒せるかよ。このリザードマンだって、どっかで拾ってきたんだろうが！」

ぎゃ――――っはっはっはっはっはっは!!

「はぁ～……」

「あーあ……」

グエンは心底くだらないと息を吐き、

リズはバカバカしいと肩を竦める。

だってそうだろ？

これがニャロウ・カンソーの首だってことは、この場ではティナ以外の全員が知っているはずだ。

それを、まぁ…………。

「…………………シェイラ」

だが、グエンはマナックたちを完全に無視して、床にへたり込んでいるシェイラにゆっくりと視線を向ける。

「ひっ」

その冷たい目線に、シェイラが呻き声を一つ。

だが、一切の容赦もなくグエンは言った。

「――……ガッカリだよ」

「ッッ‼　ぁ…………ぅ」

何か言おうとして、シェイラがグエンに手を伸ばすも、その時にはすでにグエンの目線はシェイラから外れていた。

それはもう、路傍の石のごとく……。シェイラという一個人に対しての関心を全て失ったようだった。

「ぐ、グエン……。ぼ、僕は――」

おろおろと、シェイラがグエンに手を差し伸ばすも全くの無視。

その様子に、傷ついた様子のシェイラは目に涙を浮かべてうつむく。

「ッ……！」

そうして、ゲラゲラと大喜びのマナックたちと、対照的なシェイラという構図ではあったが、当然ギルドが「はい、そうですか」と言うはずもない。

これがラージリザードマンだって？

そんなの、お前ら以外に誰が信じるんだよ。

だが、この場の誰も彼もが冷たい視線を送ってもマナックたちは動じない。

「「ぎゃはははははははははははははは!!」」

なるほど。

面の皮の厚さならSSランクだわ。

「ば──か！」

「ば──か♪」

「お前らば──────か！」

キャッキャキャ、
キャッキャキャ、と大喜びするマナックたち。

顔に喜色を浮かべたまま、

「どーです、ティナさん！　俺たちが幻覚でグエンたちが死んだと勘違いしても仕方ないでしよ!?」

「そう。私たちは必死で戦ったの。だけど、ニャロウ・カンソーの幻覚を引き起こす毒にやられて……。あぁ、よかったわ！　グエンさんにリズさんが生きていて！　あぁ、神よ感謝しますッ！」

「あーはいはい。そ・う・い・う・設定でしたね……。（つーかギルド舐めんなよ）ぼそっ」

白けた目線でマナックたちをジト目で見るティナ。

すでに彼女の中で『光の戦士（シャイニングガーズ）』の評価が地に落ちている。そして、もはや浮上しないだろう。

さっきの鑑定魔法だって、怪しさ全開だと気づいているのだ。

もちろん、鑑定魔法を操作するなんて事例は聞いたことがない。

だが、ないとはいえ、シェイラはあれでいて天才の部類だ。ステータス画面を弄（いじ）ることもできるのかもしれない。と――。

「そーそー！　幻覚幻覚！　あれは俺たちのちょっとしたミスだぜぇ！　小さい小さい、小さいミスだぁ！　報告のミスなんてノーカンノーカン！」

アンバス絶好調！　大喜びで手を叩いて踊りだす。

ノーカン！

ノーカン♪

ノ――カン♪

「「「ノーカン♪　ノーカン♪」」」――いぇ～い♪

一斉（いっせい）にノーカウントコールを上げ始める三馬鹿。

「うふふふふ………」

ニ――ッコリと、笑ったティナが一言。

「はい。ダウト」

第32話「よぅ……。そろそろ年貢の納め時ってな!!（前編）」

「あ？」

「なんですって？」

唐突に告げられた言葉に、歯を剝き出しにしてマナックたちがティナに詰め寄る。

「ダウトだと言ったのですよ。マナックさん」

そう言い切ると、「ノーカン、ノーカン♪」と歌い続けるアホをさっくりと無視して、ニャロウ・カンソーの生首をコンコンと叩きながら、

「あー……。コレガニセモノデスカー」

「はっ！」と鼻で笑いながら、蔑みの目をみせるティナ。

そして、しつこいくらいにゲラゲラと笑い続けるマナックたちの眼前に、ゴトッ――と光り輝く水晶玉を置くと、ニッコリ。

ブゥウン……。

種　族：キングリザードマン
名　称：ニャロウ・カンソー

称　号：魔王軍四天王
体　力：883369
筋　力：　12257
防御力：566453
魔　力：　　8765
敏　捷：　12709
抵抗力：244356
スキル：魔法反射、複合神経毒、筋弛緩毒粒子、
　　　二刀流、高速追跡術、言語理解、
　　　二足歩行、尻尾(しっぽ)切断、超高速再生

「あれれー？　ウチの鑑定器にはキッチリとニャロウ・カンソーって出てますねー。おっかしいなー？」

んふー？　と、ティナがわざとらしく首をかしげる。

彼女がマナックたちに見せたのはギルドの正式鑑定器、『かんてぇ～いき』だった。

そしてそこには、くっきりとニャロウ・カンソーの鑑定結果が映し出されている。

もちろん、本物。

ラージリザードマンの記述などどこにもない。

「「「――あばぁ!?」」」

ドキーン！　と顔を引き攣らせるマナックたち。

「そ、そそそそそそ、それは!?」

無茶苦茶キョドリながらマナックが冷や汗を流す。

だが、ティナはそっけなく。

「――ギルドの鑑定器ですが、なにか？」

もはや、表情の消えた顔のティナ。

「そ、そんなのってないわ！　言ったじゃない、ギルドの鑑定器は当てにならないって!!」

「そ、そーだ、そーだ！　偽造だ偽造！」

レジーナもアンバスも真っ向から否定する。

だが、それが通用するわけもなく。

「あー……あのですねー。全世界組織のギルドの鑑定器が嘘をつくと？　そして、ＳＳパーティとはいえ、一個人の魔法のほうが信用に足ると、どうやって説明するつもりですか？」

「「「うぐ！」」」

「ご不満なら他の鑑定器も試しますか？　それとも、本部から取り寄せますか？　あぁ……いっそ、鑑定士を呼びましょうか！」

ニッコリ。

目が笑っていない笑顔で、ティナが言う。

「「「ぐぎぎぎぎぎ……」」」

正論も正論に、マナックたちが押し黙る。

一方で、グエンがチラリと視線を向けると、やらかしたシェイラはしょんぼりして顔を上げない。

事情は知らないが、恐らく不正を強要されたのだろう。

(つたく、しょうもないことに魔法の才能使いやがって……)

まったく同情の余地もないので再び無視。

ガキだから多少は甘く見ていたが、もう無理だ。

「だ、だが！　俺たちの魔法では、この生首は偽物だとでたじゃないか！　なぁ、みんな！」

「そ、そうよ！　第一、グエンたちなんか信用できないわ!!　いっぱい嘘だってついてるじゃないッ！」

「そうだそうだ!!　グエンは嘘つき野郎のパシリのカスだ!!」

ぎゃーぎゃー
わーわーわー
「いや、その……グエンさんが嘘つきとか、どの口で言いますかね……」

あーもう、とティナは全身全霊でうんざりオーラ。

「だってそうだろうが!!　ニャロウ・カンソーを仕留めただけじゃなく、えーっと、なんだっけ？」

「あ、あああ、あれよあれ！　そう、伝説の槍と銛も入手したって言ってたわね——うぷぷーありえなーい」

　ありえるぅ。んだよな、これが。

「――これのことか？」

　ぽぃ！

　ガシャ――――――ン！　と、けたたましい音を立ててトリアイナとグングニルを床に無造作(むぞうさ)に放り投げるグエン。

「うぉ！　あっぶね――って、これは⁉」

「きゃ！…………って、何このオーラ」

「す、すげぇ……本物だ」

　床に転がした槍と銛から放たれる圧倒的なオーラ！

　そのオーラはレアリティの醸(かも)し出すもので、三馬鹿(ばか)がゴクリと唾(つば)を飲み込む。

「ぐ、グエンさん。こ、これは……」

　ティナもさすがに驚いたらしく、顔をわななかせている。

「伝説級のアイテムらしいけど？　まぁ、拾いもんですよ。ニャロウ・カンソーのドロップアイテムです」

「「「んな⁉」」」

　驚愕(きょうがく)する三馬鹿。そして、次の瞬間には物欲しそうな顔になり――……。

「げ……。これ、本で見たことあるぜ、雷撃魔法を使えるっていうグングニルじゃん！」

「あ、あら……。これって、教会の禁書に記されているっていう、水を生み出す海神の銛──トリアイナ⁉」

「げ、レアリティSクラス以上の本物ぉ⁉」

ぎゅん‼　と音がしそうなくらいの勢いで顔を上げた三馬鹿。

「お、おいグエン！　ドロップ品はパーティで山分けだろ⁉」

「そ、そうよ！　こんな貴重な品を隠し持つなんて！　仲間に黙ってるなんてひどいわッ！」

「お、お前に槍はもったいねぇ！　これは俺こそが持つべきだ‼」

手のひらくるーり。

「「「これはパーティのものだろ‼」」」

ぎゃいのぎゃいの‼

「は？　お前ら曰く、俺はニャロウ・カンソーを倒していないんだろ？　おまけに、お前らに見捨てられた俺が未だに同じパーティで、仲間だだぁ？」

──どの口でほざきやがる。

「見捨てられた……？」

「う、うるさい！　これは俺たちのものだ！」

「そうよ！　独占するなんて許されないわ！」

「卑怯者ー！」

こいつ等すげぇ性格してんな。こ、こんなクズだったとは……。

「ほう……。マナックさんたちは、これが本物だと認めるのですか？」

「「「え？」」」

「ニャロウ・カンソーのドロップ品と認めて、そのうえで所有権を？」

「あ、当たり前だ！　伝説の槍だぞ！　ニャロウ・カンソーが装備していたレアリティSクラスの——あ、」

ハタと気づいて、口を押さえるマナック。

自分の言ったことにようやく気づく。

「………つまり、グエンさんがニャロウ・カンソーを仕留めたことも**ようやく**認めるのですね？」

「いや、その……あばばば」

ダラダラと冷や汗を流すマナック。

レアアイテム欲しさについ口が滑ったようだ。

ギルドの手配書でニャロウ・カンソーがこのアイテムを持っているらしいことはすでに公表済み。

つまり、グングニルとトリアイイナを入手していることは、討伐証明以上に「証拠」として有効なのだ。

「お、落ち着いてマナック！　おーほっほっほ。ティナさぁん、これはグエンさんなりの冗談なのよ。だから、これも偽物なのよ！　だからパーティで責任をもって回収するわ！　こんなものみっともなくて鑑定に出せないもの！」

おーっほっほっほ。

冷や汗ダラダラでレジーナが取り繕う。

「そうそう！　冗談、冗談。だって、グエンは言ってたじゃないですか、砂漠でAクラスの魔物の素材も回収したって――そんなあり得ない話と同じくらいの話で、全部冗談ですって」

へ――――……。

どうやら、グエンが砂漠まで行って帰ってきた話は冗談だと思っているらしい。

まぁ、グエンの称号とスキルを知らなければ、普通はそう思うだろう。ぶっちゃけティナさんも信じているかどうか……。

「――これが冗談か？　アンバス」

背嚢をひっくり返すグエン。

リズから受け取ったそれも同時に――。

ドサドサドサドサドサドサ!!　背嚢に詰め込んでおいた、世界の果て砂漠産の魔物の素材。

この辺では絶対にお目にかかれない代物だ。

「ぶわ!!」

「きゃあ！」

「あっぷね!!」

テーブルの上に無造作にぶちまける。こんもりと小山を作るそれらは、紛(まぎ)れもないAクラス以上の魔物の素材だった。

「で――……………どれが冗談だよ」

…………。

「「「う、うっそーん…………」」」

第32話「よぅ……。そろそろ年貢の納め時ってな!!(後編)」

ドザザザザザザザザザザ!

大きな音を立てて詰み上がったレアな素材の数々。

それを見て、
しーんと静まり返るギルド。

マナックたちは元より、ティナも口をあんぐり開けている。

彼女は、グエン――そして、リズの話を信じていたとはいえ、実物を見るとまた話は別だ。

「こ、これは――獄鉄(ごくてつ)アリジゴクの素材」

「ま、まさか、鋼鉄ヒヨケムシのドロップ品なの!?」

「げげげ、インフェルノスコーピオンのもあるぜ……」

ほかにも、あるわあるわ！

まーたくさん!!

ゴールデンスカラベの金糞、ゴールデンスカラベの甲羅、
ヒュージサンズワーム、
砂亜竜の牙、砂亜竜の角、砂亜竜の甲皮、砂亜竜の逆鱗、砂亜流の肉、砂亜竜の心臓、砂亜竜の魔石、
サンズヘッジホッグの針、サンズヘッジホッグの爪、サンズヘッジホッグの牙、
等々。

どこかの学者のつくった図鑑には載っていても、実物を見たことがあるものはほとんどいないだろうという代物だらけ。

しかも、どれもこれも、この街周辺で取れる素材ではないし、並の冒険者に狩ることのできるモンスターではない。

そして、Aクラス以上の魔物の素材は非常に高価で取引される。

しかも、めったに市場に出回らない魔物の素材だ。需要はうなぎ登りで――。

つまり、偽物や代替品を用意するのはちょっと無理ということ……。

なんせ、どれもこれも高価な代物で、これらを換金するだけでちょっとした大富豪になれそ

うだ。

「や、やった！　これを売れば一生安泰だぜ」

「す、凄いわ……。教会の献金なんて目じゃない額だわ」

マナックたちは目を$マークにして、ヤイノヤイノと大騒ぎ。さっきまでのテンパりぶりが嘘のようだ。

いや、それ以前に……なんだこいつら？　――それらの分け前が当然もらえる前提で話していやがる。

ふざけるなよ……。

「よ、よくやったグエン！　あとは俺たちに任せておけッ！　なぁ！」

「はぁ……？」

気持ち悪い笑みで揉み手のアンバス。

だが、グエンは忘れない――忘れるはずもない。この男に足を刺されたことをッ。

「…………さっきから、お前らは何を言ってるんだ？」

グエンは呆れ半分、怒り半分でマナックたちを睥睨する。

「俺を刺して、リズを囮にして、散々な目に遭わせておいて…………なんで仲間だとか、分け前だとか、どの面下げてパーティだとかほざいてんだ、あ!?」

「んだとゴラァあ！」

激昂するアンバスが、グエンに摑みかかろうとする。

「パシリのくせに偉そうなんだよ、テメェはよ――――！」

反射的に剣を抜きそうになるアンバスを、レジーナが押しとどめる。

「ちょ!? や、やめなさい!! ギルド内での私闘は懲罰対象ですよ!!」

「ぐ……！」

さすがのアンバスもそこで動きを止め、押し黙る。

だが、怒りが体全体から溢れているのかプルプルと震え、何かの拍子に爆発しそうだ。

その様子をじっと見ていたティナが、ゆっくりと口を開く。

「………さて、マナックさん。これでもまだ否認を続けますか？ グエンさんは全て『証拠』を出しましたよ。その一方で、あなたたちは何かあるんですか？ そう――自分たちの言い分を正当化できる『何か』が？」

その冷たい言葉がマナックたちの精神を大きく抉る。

なにせ、証拠なんてあるはずがない。

当然『何か』なんてものは、マナックたちのでっち上げの産物でしかない。

そりゃあ――。

「うぐぐぐぐ……」

二の句が継げないマナック。

唯一無二の証拠ともいえるでっち上げは、ニャロウ・カンソーの首を鑑定したシェイラの魔法だけ。

いや、それどころか。

むしろ、それがさらに状況を悪くしているともいえる。

なんたって偽証のうえに、魔法での魔物のステータスの偽造。

それをなんとなく見抜いているギルド職員のティナの心証は最悪だろう。

一方でグエンの報告は全て正確だ。

……そりゃあそうだろう。

全て真実なのだから。

おまけに証言に一つの穴もなく、燦然と積み上げられた証拠の数々。

客観的に見ても、グエンのほうが誠実かつ、真実だ。

「………とくに反論がないようでしたら、偽証を認めるということでよろしいですね？」

「「ぐ……！」」

「――ないようですね。では、」

ティナはマナックたちのほうを見もせずに、調書をトントンとまとめると、グエンたちに目配せしてソファーから立ち上がる。

「……沙汰は追って下されると思います」

「「そ、そそそそんな！」」

揃いもそろって馬鹿面を見せるマナックたち。

その面を――とくにレジーナのそれを冷たく睨んでティナは言う。

「――………もちろん、聖女教会の枢機卿といえども、ね」

「ん、なんですってぇえ……！」

怒髪天を衝く勢いで反論しようとするレジーナ。

だが、ティナは取り合わない。

「当然でしょう？　偽証に、ドロップ品の鑑定結果の偽造」

「「そ、それは……！」」

「――そして、パーティメンバーに対する暴行罪と殺人未遂………どれも、罪は軽くはないと覚悟しておいてください」

「いや、それは！」

「ち、ちがうわよ！　な、なにかの勘違い――」

「よ、よう！　グエン。き、今日飲みに行かね!?」

やいのやいの。

グエンに縋りつくパーティの面々。

ここに至っては、グエンに助けを求めるしかない。

「ぐ、グエン。頼むよ！　なぁ、俺とお前の仲だろ？　ここはさぁ……！」

「――……そうだな、マナック」

グエンは静かに、

そして、優しく語りかける。

………ニコォ。

「ぐ、グエン！」

その笑顔に救いを感じたのか、マナックが気持ち悪い顔をグエンに向けると――。

「頼まれてた、やきそばポーションに『剣の油』だけどよぉ」

懐に入っているポーションの空き瓶。それは、シェイラから貰った罪滅ぼしのあのポーションの瓶だ。

それを見て、シェイラが小さく声を出すも、グエンは見向きもせずに、中にパーティの証であるSS級の冒険者ライセンスを捩じ込む。

「たまには、自分で買いに行けッ！　この高慢チキが!!」

バキャーン！

けたたましい音を立てて、マナックの足元にそいつを叩きつける。

「俺はもう、パーティを抜ける！　お前が言ったんだろ？　――俺とリズは死んだってなあぁ!!」

それを聞いていたリズが、ニッと歯を見せて笑うと、

「よく言ったじゃん、グエン！　じゃ、そーいうわけだから、」

チャラリと、首からライセンスを取り外すリズ。

それを、指にかけてヒュンヒュンと振り回すと、レジーナに向かって、トン！　と押しつける。

そのまま、至近距離で一言。

「…………アンタ、このままで済むと思ってんじゃないわよね？」

スゥと暗殺者の目を見せるリズ。

「――ッ!!」

それは、彼女を囮にするため、拘束魔法をかけたレジーナには相当恐ろしかったらしい。

顔を引き攣らせて声を詰まらせる。

「なるほど、グエンさんとリズさんは、『光の戦士』を脱退されるわけですね。了解しました。元々死亡届けが出ておりましたから、あとはこちらで手続きをしておきます。今までお疲れ様でした」

ペコォ、とティナが頭を下げた。

「「あばばばばばばばばばばば!!」」

それは、つまりパーティからグエンとリズがいなくなるということで。

マナックの最後の目論見であったパーティ内のもめごととして処理してしまおうとすること自体が不可能になったということ。

「というわけで…………」

爽やかな笑みを浮かべてティナは言う。

「くそ野郎どもは――おっと、マナックさん方は、仲間を殺そうとした罪で。うーん、そうですね…………。軽くて、ランクの降格と罰金――その他ペナルティ多数。……まぁ、このままなら、衛兵隊に拘束されるのが通例でしょうか？　――つーか、」

つーか？

「…………リズさんに手ぇだしたり、あとギルド舐めんじゃないわよ、くそ野郎どもが！　衛兵隊カモーン！」

「「了解！」」

バチンと指を弾くと、ドヤドヤと衛兵が乗り込んでくる。

「「「あっばぁぁあ!?」」」

どうやら、雲行きが怪しくなった時点で呼び寄せていたらしい。

「連行してちょうだい!!」

ど――――ん!!

と、言い切ったティナの言葉に、ついに泡を吹いて三馬鹿がバターン！　とその場に倒れ伏す。

そして、通報を受けてやってきた衛兵が気絶しかけたマナックたちをズールズルと引っ張っていく。

「「「や、やめてー！」」」

「ええい、神妙にしろ！　犯罪者どもが!!」

ガッチムチの衛兵に引っ立てられるマナックたち。

そりゃあ、殺人未遂だ。

あとは、司法機関の仕事だろう。

「あばよ、マナック。臭い飯でも食ってこい。たまにやきそばポーションでも差し入れしてやるからよ」

じたばたと抵抗するマナックたち。

だが、捕縛に長けた衛兵たちはマナックたちをあっという間に武装解除すると、手早く枷をかけてしまった。

「ぐ、グエン……！　て、てめぇ、覚えてろぉぉおおお！」

「教会の権力でグッチャグチャにしてやるんだからぁ!!」

「パシリのくせにぃぃいいいい――あ、いた！　もっと優しく引っ張れ、バーカ！」

憐れにも、ボロボロの格好のまま引きずられていくマナックたちを見て、グエンは胸のすく思いを感じていた。

「――はっ。いい気味だぜ!!」

第33話「さーて！　晴れ晴れした気分だぜ」

は！　いい気味だ！

倒れてピクピクしているマナックたち。

そのまま、みっともなく衛兵に引き摺られていく様子を清々する思いで見下ろすグエン。

「無罪だー！」とか「私を誰だと思ってんのよー」とか「覚えてろよー！」と、まぁ騒々しく退場するマナックたち。

ダッサイ格好の三馬鹿を見ることができて、グエンはほんの少し留飲を下げた。

本音を言えば、自分の手でぶっ飛ばしてやりたいところではあるが、ま――これはこれでいいかもしれない。

「ふぅ……。まったく、とんでもない連中だったわね。ねー、リズさん」

「あーうん……。そーねー、アタシが出る幕もなかったわ」

まるで虫けらを見るような目つきのティナに、まったくー……と疲れた様子で肩を竦めるリズ。

「ん？　出る幕って？」

「いえ、こっちの話――さ、もう、ほっときましょ」

「はーい、リズさぁん♪」

ティナは、今は先ほどまでの険しい表情を消し去り、リズに肩を寄せている。

なんか、ハートマークが見えるんだけど気のせいかな？

っていうか、

……君。百合なのかい？

　ジトっとした目で、ティナの後ろ姿を見ていたグエンであったが、慌てててその後を追う。

　ギルドの外では、未だにギャーギャーと騒がしい三馬鹿が、暴れに暴れていて、その近くにオロオロとしたシェイラの姿も見えた。

　シェイラも、ガチムチの衛兵にガッシリと肩を押さえられて身動きできないようだ。

　チラリとだけ、彼女と視線が合う。

　まるで、グエンに助けを求めるように――。

「ちょっとティナさん。……いいんですか？　あいつ等。あのままじゃ、どうせ、なんとかして無理筋を通しますよ」

　マナックたちのことをそれなりに知っているグエンがティナに耳打ちする。

　腐ってもここまでSSランクパーティを引っ張ってきたマナックだ。

　こういう修羅場がなかったわけでもない。

　当然ながら、
　こんなときの奥の手や対処方法も一つや二つではないはずだ。

「ふん！　好きにすればいいんですよ。ギルドもこんな不正に甘い顔をしません。それに――」

　……それに？

「――あ、いえ。なんでもありません。と、とりあえず、今はギルドを信用してください」

「そこは信用しているけど――」

　気になることといえば、『光の戦士』の名が地に落ちることだけ――。

「まぁ、それも仕方ないか……」

グエンが、パーティ『光の戦士』に拘ったばかりにこんな面倒なことになっているのだ。

本当ならもっと早くこのパーティを出るべきだったのだろう。

「グエン。アンタ、大丈夫？」

リズがグエンを気遣うように顔を覗き込む。

「あぁ、問題ない」

……なくはないけどね。

「そう……？　無理はしないでね。あんなんでも仲間たちだったわけだし――その、」

「つ、つらいよね？」と、リズが聞くも。

「いや、全～然」

ここだけは即答できる。

「そ、そう？　なんだか辛そうな顔をしていたから……」

自分も随分ひどい目に遭ったというのに、リズはグエンを気遣ってくれた。

最初はとっつきづらい雰囲気だったリズだが、今では随分と気やすい関係だ。

――なによりも、この子はいい子だ。

「ありがとう。……ちょっと、パーティの名前がね、地に落ちるな――と」

「……あぁ。そういえば『光の戦士』は、元はグエンのパーティだっけ」

ん？　元は――というわけではないけど。初期メンバーというか、一番の古株というか、愛着のあるパーティだったしな。

　いや……それにしても詳(くわ)しいな。

「よく知ってるな？………あ、そういえばさっきティナさんは何て言おうとしてたんだ？」

　そういえば、リズのことをよく知っている風だし、どういう関係だろう。

　まさか、アッチの関係だとか言わないよな？

「んー。気にしないでいいわ。結果として、丸く収まりそうだから」

　ひらひらと手を振ってグエンの追及をかわすリズ。

　釈然(しゃくぜん)としないものを感じたがグエンはそれ以上追及しないことにして、

「全然、丸くはないんだけどな……」

　結局大事に思っていたパーティは早晩解散しそうだし、解散しなくとも、ギルドか衛兵によって解体されるかもしれない。

　罪が軽くなっても、パーティで起こった不祥事(ふしょうじ)だ。広いようで狭い冒険者界隈(かいわい)。今回の話は瞬(また)く間に広がるだろう。

　もう、『光の戦士(シャイニングガーズ)』として活動はできない。

　脱退もしたしな……。

「はぁ……。再就職しなきゃなー」

「ふふふ。いいじゃない、グエン――」

「ん？」

なにが⁇

疑問を口にしようとしたとき、

クルリと振り返ってニコリと微笑むリズ。

「アンタさぁ、たぶん、今回の一件でランク昇格よ」

「は…………?」

第34話「さーて！　ランクアップとか冗談だよね？」

ら、ランク昇格???

「な、何を言ってんだよ、リズ」

「何って、客観的結果に基づいた、しかるべき事実を話してるだけだけど?」

いやいやいやいやいやいやいや。

「り、リズ。君も知ってると思うけど、『光の戦士』じゃ、俺はただのパシリだったんだぜ?

普段は雑用と後方支援ばかりで――」

「うん。そうだね――……だから?」

だ、だからって……。

――――え？　マジな話？

「……グエン、忘れたの？　何のために四天王の領域まで行って、ニャロウ・カンソーを倒そうとしてたのよ」

「な、なにってそりゃ……」

『光の戦士（シャイニングガーズ）』念願のSSSランク昇格のため…………………って、えッ!?

えええええ!?

「そ。『光の戦士（シャイニングガーズ）』のランクアップには実績が必要で、ニャロウ・カンソーを倒せば晴れてSSランク昇格。…………で、倒したのは誰？」

――――あ。

「…………いやいやいやいやいやいやいやいや!!」

ないないないないないないないない!!

「無理無理無理!!　俺じゃ無理だって……！」

た、たしかにニャロウ・カンソーは倒したけど……。

って、

――――た、倒したんだよね、俺が？

「何（なーに）言ってんのよ。今までだって、パーティごととはいえ、アンタはSSランクなのよ？　それが個人でSSSランクになるってだけじゃない」

大して変わらないわよー、とリズは軽い調子。

「いやいや。お、おおおお、俺なんかがＳＳＳとか、無理だって！」

「そう？……なら、辞退する？　まぁ、辞退するとかそういうものじゃないけど――」

む……。

「いや、むぅ……。辞退は――ど、どうだろう」

グエンとて冒険者だ。

たとえパシリ扱いされていても、初心は忘れてはいない。

冒険者の頂点に君臨し、自分の力を世に知らしめたいという気持ちもかつてはあったのだ。

そして、その頂点がまさに手に届くところに――。

「まぁ、しばらくじっくり考えときなさいよ。今日のところは、ギルドマスターが不在で、最終決定権を下す人がいないけど、……多分、問題なくＳＳＳランクの上申は通ると思うわよ」

あ、ギルドマスター不在なのか。

どうりであの騒ぎにも顔を出さないわけだ。

「俺がＳＳＳランク……。まさか、な」

――パシリの俺がＳＳＳランク……。

グエンは、立ち止まるとギルドの天井を仰ぎ、一人、物思いにふける。

かつて、『光の戦士』を盛り上げ、必ず成り上がると決心して、ここまで来た――。

だけど、だんだん実力差のあるメンバーに追い抜かれ、いつしかただの古株なだけのお荷物要員に成り下がっていた。

そのグエンが――。

「…………SSSランクか。信じらんねぇな」

ボロボロになった手を開く。

格好だってみすぼらしい。使い古しの軽鎧に、武器は雑用にも使える折り畳み式のスコップが一つっきり。

これでSSSランク。

「くっくっくっ……」

「ど、どうしたの？」

突然、笑いだしたグエンをリズが訝る。

「はっはっは。だって、見ろよ俺のこの格好――」

ボロボロで小汚いオッサン。

武器も防具もみすぼらしい。

どこからどう見ても――。

「ただのオッサンね」

「だろ？」

少なくとも、世間一般に言うようなSSSランク候補の冒険者には見えないだろう。

自嘲気味に笑うグエン。

自分の姿と、成し遂げたことがあまりにも……。

「——ん。んー。だけど、か……カッコよかったわよ、グエン」

え？

「な、なに？　なんて言った今？」

リズが褐色の肌を朱に染めて恥ずかしげに顔を伏せる。

「な、なんでもない——」

「え、おい。そりゃないだろ——」

がるるるるるるるる！

「ちょっと、グエンさん！　女の子に馴れ馴れしくないですか！」

あ、コイツがいるの忘れてた。

リズの腕を手に取り、威嚇するちっこいギルド職員のティナ。

「馴れ馴れしいって、リズと俺は仲間で、そしてパーティメンバーだぞ——っていうか、リズは女の子・・・って歳じゃ…………げっふ!!」

パカ————ン!!　×2
「「女の子に歳の話するなッ！」」

攻撃力のある女子二人に蹴っ飛ばされてギルドの中を転げていくグエン。

「へぶぉぉおおおおお!!」

ゴロンゴロンと大げさなくらい転がるグエンに、リズとティナが「「あ……」」やり過ぎちゃ

った？　と顔を見合わせている。

いや、やりすぎっていうかね……。

「お、俺のステータスは敏捷極振り（びんしょうごくふ）りなんだよ」

げふっ……。

だからね、悲しいけど、これ防御力、紙なの――。

「む、無念――がっく――――ん」

そして、グエンの意識があえなく闇（やみ）の中へ……。

ち――――――ん♪

ＳＳランクのグエン・タック。

ランク昇格を前にして、ギルド内で撲殺（ぼくさつ）され――――「れて、ねえっつの!!」

あとがき

拝啓、読者の皆様。ＬＡ軍です。

皆様、まずは本書をお手に取っていただきありがとうございます。初めまして、ＬＡ軍と申します。本作はお楽しみいただけたでしょうか？　少しでもお楽しみいただけていれば作者として無上の喜びです。

私にとっては、本作を含めて作家として5作以上のシリーズをだせるようになったことは感無量の思いです。

それもひとえに応援してくださった皆々様のおかげであると思い、大感謝の気持ちでいっぱいです。今後ともよろしくお願いします。

さて、本書を書くにあたっての近況報告をひとつ。

実は、引っ越ししまして……。ええ、ダッシュエックスさんから出しております『コキ使われて追放された元Ｓランクパーティのお荷物魔術師の成り上がり』を出した時も引っ越ししたばかりでしたが、はい。また引っ越しました。ええ、そ、それだけです。（誰も、興味なさそう――……）

……というわけで、ね！　アタシのことなんざ、どーでもいいので、本書について少し。

本作は、いわゆる追放ざまぁ系の流れを汲んだ作品です。

主人公は冴えない男で、パーティからあっけなく追放され、ひどい目にあうというものです。

しかし、一風変わったところで、主人公はステータスをカンストさせたところ、突如あり得ない力を手に入れ、見事に追放劇からの逆転を果たします！　――というのが、大筋の流れです。

もちろん、それだけではなく、魅力的なヒロインやライバルたち。そして、ライバルたちの中にも救われキャラがいたり、救いようのないキャラがいたりと多彩な人間模様を描いております。

それらキャラたちの魅力については、本作を読んでいただき、その生き生きとした様子を見ていただければ幸いです！

そして、今後についても少し……。本作の主人公は手に入れた力を使ってさらに大活躍していくことでしょう！

活躍の中身については次作以降――……そして、コミカライズで見ていただければ幸いです!!

そうなのです。こちらの作品、コミカライズされます！

是非とも、小説ともども応援していただければ幸いです。ちなみに時期はまだ未定ですッ！

……と、そんな感じですが、今後とも、皆々様には作品を楽しんでいただければ幸いです。

では、本巻ではこのへんで。

次のグエンの活躍は、そしてヒロインたちの活躍いかほどのものか!!

物語はまだまだ始まったばかりです。ぜひとも、今後とも応援のほどよろしくお願いします。

最後に、本書を編集してくださった校正の方、編集者さま、出版社さま、そして美麗なイラストで物語に素晴らしい華を与えてくださった猫月ユキ先生、本書を取り扱ってくださる書店の方々、そして本書を購入してくださった読者の皆様、誠にありがとうございます。御礼をもってご挨拶とさせてください。本当にありがとうございます!

敬具。

次巻以降でまたお会いしましょう!

読者の皆様に最大限の感謝をこめて、吉日　ＬＡ軍

ダッシュエックス文庫

SSランクパーティでパシリをさせられていた男。ボス戦で仲間に見捨てられたので、ヤケクソで敏捷を9999まで極振りしたら『光』になった……

LA軍

2021年9月29日　第1刷発行

★定価はカバーに表示してあります

発行者　北畠輝幸
発行所　株式会社　集英社
〒101−8050　東京都千代田区一ツ橋2−5−10
03(3230)6229(編集)
03(3230)6393(販売/書店専用)　03(3230)6080(読者係)
印刷所　図書印刷株式会社

ISBN978-4-08-631438-1 C0193